AF290447

Nicolas Rutschmann

Magic Hotel

*Glücksritter auf dem
Weg nach Hollywood*

Erstausgabe 2011

*Bibliografische Information der
Deutschen Nationalbibliothek:
Die Deutsche Nationalbibliothek verzeichnet
diese Publikation in der Deutschen
Nationalbibliografie; detaillierte bibliografische
Daten sind im Internet über dnb.d-nb.de abrufbar*

*Lektorat: Magdalena Weinle
Umschlaggestaltung: Seitenrampe*

*Herstellung und Verlag: Books on
Demand GmbH, Norderstedt
ISBN 978-3-8423-5169-1*

Vorwort

Ist dieses Buch eine Anleitung dazu, wie man es nicht machen sollte?

Ist es eine Warnung für den angehenden Filmstudenten, der sich auf ein steiniges Terrain begeben wird?

Ist es eine persönliche Abrechnung mit den gnadenlosen Gesetzen der Filmbranche?

Ist es ein Appell, den eigenen Traum nie aus den Augen zu verlieren?

Ist es der Rat, sich besser dem System anzupassen als einen eigenen Weg darin zu suchen?

Das werden Sie ganz alleine für sich entscheiden müssen — sorry. Sicher ist nur eines: Vieles hätte ganz anders, vielleicht aber auch so oder so laufen können.

Prolog

Kino ist etwas Großes.

Es ist Leben, Kunst, Rummelplatz, Dokument, Fantasie, Alltag, Ekstase, Literatur, Musik, Reportage, Behauptung, Märchen, Albtraum, Reflektion, Licht, Schatten, Oper, Ballett, Tanz, Blick in die Zukunft und in die Vergangenheit, Humor, Drama, Thriller, Mann, Frau, Jugend, Alter, Herrscher, Unterdrückter, Natur, Großstadt, Kammerspiel, endlose Weite, Politik, Verbrechen, Liebe, Lachen, Weinen, Makrokosmos, Universum, heile Welt, Krieg, Verrat, Geburt, Tod, Krankheit, Heilung, Lärm, Stille, Bewegung, Innehalten, Beobachtung, Konfrontation, Aktivismus, Mitläufertum, Aufstieg, Untergang, Verblendung, Aufklärung, Idylle, Inferno, Sucht, Therapie, Ausweglosigkeit, Hoffnung, Aufopferung, Vernichtung, was ihr wollt und was ihr nie erwartet hättet, Projektion unserer seelischen Schattenwelt, unserer Träume und Wünsche, Fest, Tortur, Freundschaft, Einsamkeit, der erste Erfolg, die letzte Chance.

American Movie

Trotz allem muss ich eine Lanze für den amerikanischen Film brechen. Auch, wenn er es durch seine brachiale, globale Vermarktungsmaschinerie leicht mit dem verqueren Gedanken der Truman-Doktrin aufnehmen kann und dem europäischen, speziell dem deutschen Film, Tag für Tag das Wasser abgräbt. Damit macht er mein Tätigkeitsfeld zu einem fast sauerstoffleeren Raum.

Als Zuschauer sehe ich mir am liebsten Hollywoodfilme an. Da fühlt man sich immer gut aufgehoben. Europäische Filme rufen bei mir regelmäßig eine gewisse Unruhe hervor. Man kommt in einem solchen Film leicht aus dem Gleichgewicht.

Wir europäischen Filmemacher lieben es, dem Zuschauer die Unbilden des Lebens in konzentrierter Form ins Hirn zu nageln; wir setzen alles daran, seine Seele durch den Fleischwolf zu drehen. Nach seinem nervenaufreibenden Arbeitstag traktieren wir den Zuschauer mit einem weiteren Psycho-Hammer und versuchen, ihm unsere wichtige Botschaft mit allen Mitteln einzutrichtern. Gleichzeitig zetern wir gegen die vordergründige Brutalität des Hollywoodfilms, die brachialen Materialschlachten, das viele Blut und die Hirnsegmente, die regelmäßig durch die Szenerie spritzen.

Es ist ein zweischneidiges Schwert, mit dem wir da kämpfen. Ich möchte aber meine, an sich selbstzerstörerische, Vorliebe für den amerikanischen Film durch ein Zitat von Ludwig Wittgenstein unterstützen: „In einer Beziehung muss ich ein sehr moderner Mensch sein, weil das Kino so außerordentlich wohltätig auf mich wirkt. Ich kann mir kein Ausruhen des Geistes denken was mir adäquater wäre als ein amerikanischer Film. Was ich sehe und die Musik geben mir eine selige Empfindung vielleicht in einem infantilen Sinne aber darum natürlich nicht weniger stark. Überhaupt ist wie ich oft gedacht und gesagt habe der Film etwas sehr Ähnliches wie der Traum und die Freudschen Gedanken lassen sich unmittelbar auf ihn anwenden."

Ich finde es schön, dass einem der Philosoph in diesem Fall ein paar wohltuende Gedanken vermittelt. Zitate von Wittgenstein mag ich sehr gerne. Gleichzeitig bewundere ich die Rezensenten, die sich durch das schwere Werk gekämpft und mit letzter Kraft einige markante Passagen für den flüchtigen Leser aufbereitet haben.

Durch den *Tractatus* möchte ich mich selbst nicht quälen. Die Philosophie im Allgemeinen betrachte ich mit recht kritischen Augen. Die Werke erschlagen einen meistens, die Haltung vieler Philosophen finde ich überheblich und besserwisserisch. Warum reduzieren sie nicht selbst ihre Aussagen auf diese klaren Kernsätze, die uns als Zitate übermittelt werden?

Für einen der interessantesten Gegenwartsphilosophen halte ich auch Peter Sloterdijk. Sein Intellekt und sein Interesse an den unterschiedlichsten Themen sind kaum zu überbieten. Er ist sich außerdem nicht zu schade, ein Essay über das amerikanische Action-Kino zu schreiben und sich Gedanken über Arnold Schwarzenegger zu machen. In *Sendboten der Gewalt* erörtert Sloterdijk die erstaunliche These, dass der Actionfilm eine Thematisierung vorgeschichtlicher Gegebenheiten darstellt. Verfolgungsjagden, Laufen, Springen und das Werfen mit harten Gegenständen waren die Bedingungen einer erfolgreichen Entwicklung vom Affen zum Menschen.

Eine erfrischende philosophische Haltung. Der große Denker ist für einen Abend aus seinem Elfenbeintürmchen herabgestiegen und hat sich mit all seinen illustren Gedanken zu uns gesellt. Das verdient Respekt.

Boy Wonder

Vor etwa zehn Jahren schenkte mir einer meiner besten Freunde ein Buch, das schon damals bei mir alle verheilt geglaubten Wunden wieder aufriss: *Boy Wonder* von James Robert Baker. Vor ein paar Monaten habe ich es zum zweiten Mal gelesen.

Ich hielt mich eigentlich für abgestumpft, für geschriebene Geschichten nicht mehr so sehr empfänglich. Viel lieber fraß ich Nachrichtenmagazine oder Sachbücher in mich hinein. Das Vakuum an Fiktion füllte ich mit Fernsehfilmen oder Kinogängen.

Bei letzterem laufe ich allerdings immer häufiger Gefahr, als seelisches Wrack den Kinosaal zu verlassen, wenn der Film gut war. Dann kann es sein, dass ich beim anschließenden Bier mit meinen Begleitern oder meiner Lebensgefährtin kaum ein Wort über die Lippen bringe oder, wenn ich alleine im Kino war, stundenlang ziellos mit dem Auto die Stadt durchquere. Ich nenne das „Gescheiterter Filmemacher Syndrom".

Ähnlich betäubend wirkte die Lektüre von *Boy Wonder* auf mich. Erzählt wird die Geschichte des Shark Trager, der in Hollywood als viel versprechendes Regietalent beginnt und nach seinem Erstling einen gnadenlosen Absturz erlebt. Charakterlich verändert, tritt er einen rücksichtslosen Triumphzug als Produzent an, bei dem unzählige Freundschaften und Frauen auf der Strecke bleiben. Schließlich geht er selbst vor die Hunde.

Obwohl das Buch vor allem die Negativseiten der Film- und Showbranche beschreibt, lässt es keine Gelegenheit aus, die Faszination, die von dieser Szene ausgeht, in allen erdenklichen Facetten auszumalen. In diesen Momenten führte es mir wieder vor Augen, für welche große Sache ich viele Jahre lang hartnäckig gekämpft hatte, um dann schließlich klein beizugeben und mir eine Beschäftigung zu suchen, die ein einigermaßen regelmäßiges Einkommen versprach.

Was mich aber noch viel mehr beschäftigte, war folgender Punkt: Warum haben sich zwei vom Filmemachen restlos faszinierte Schulfreunde, die voller Begeisterung und mit totalem Einsatz jahrelang ihre gemeinsame Sache verfolgten, nach nur wenigen Rückschlägen entzweit und dann eigene Wege gewählt?

Diese unbequeme Frage plagt mich bis heute. Um ihr auf den Grund zu gehen, muss ich wieder einen Blick in die Vergangenheit werfen. Es wird kein angenehmer Anblick sein. Aber er ist notwendig.

Aderlass

*„Schneidet Euch die Pulsadern auf und filmt es
ab – das ist weitaus interessanter als das, was ich
mir die letzten zehn Minuten ansehen musste!"*

Das war der erste Kommentar eines sehr mächtigen Filmproduzenten, nachdem ich ihm meinen ersten Kurzfilm präsentiert hatte. Es waren die Worte des Miteigentümers der *Neue Constantin Film*, der bis dahin solche filmischen Meilensteine wie *Der Name der Rose* und *Die unendliche Geschichte* zusammen mit Bernd Eichinger produziert hatte.

Er war damals an einem Medienareal in unserer Stadt interessiert, das plötzlich herrenlos geworden war. Sein Gründer hat sich kurz zuvor an der schmiedeeisernen Balustrade des großen Veranstaltungssaals erhängt, weil er sich mit seinem Vorhaben restlos verschuldet hatte.

Dieser Vorfall fand zwar ein großes Medienecho, aber unterm Strich wurde der Unglückselige eher belächelt als bemitleidet. Idealisten, die zu viel wagen, mit hohem persönlichem Einsatz etwas bis dahin Undenkbares versuchen, werden vor allem in Deutschland recht schnell abgekanzelt, wenn sie keinen Erfolg haben.

Es war die Zeit, in der das Konzept des *Medienzentrums* in Mode kam. In allen Teilen der Republik wurden ausgediente Fabrikkomplexe begutachtet, private Investoren geblendet oder es wurde um öffentliche Subventionen gebuhlt.

Keiner konnte einem ernsthaft erklären, was genau ein solches Medienzentrum zu leisten im Stande sein würde. Es herrschte, begünstigt durch den sich abzeichnenden Erfolg des jungen Privatfernsehens, eine ähnliche Euphorie wie bei allem, was um die Jahrtausendwende den Begriff „Internet" in sich trug. Schaumschlägerei par excellence.

Über Umwege habe ich damals erfahren, dass der zuvor erwähnte Produzent in der Stadt sein würde. Meine filmischen Mitstreiter und ich hatten einige Zeit zuvor den ersten Kurzfilm auf 16mm fertig gestellt. Ein ambitioniertes Werk, das uns finanziell und nervlich große Wunden zugefügt hatte. Aber wir konnten bereits erste Festivalerfolge verzeichnen. Und das gab uns Zuversicht.

Wir diskutierten lange darüber, ob wir gemeinsam zu diesem wichtigen Termin gehen sollten. Meine Mittelsperson, die mich dem Produzenten nach ihrem Meeting sozusagen als Überraschungsgast vorstellen wollte, riet aber davon ab, ein halbes Fußballteam aufmarschieren zu lassen.

Ich bin noch heute davon überzeugt, dass ich bei meinem Soloauftritt voll auf dem Posten war, dass ich den

Film verbal angemessen verkaufen konnte. Aber manchmal trifft man nicht den Nerv seines Gegenübers. Oder man erwischt ihn schlichtweg im denkbar unpassendsten Moment. Letzteres scheint mir heute der zutreffendste Grund für sein gnadenloses Urteil zu sein. Damit tröste ich mich zumindest über schlaflose Stunden in der Nacht. Aber die Tür zu dieser Gelegenheit war nichtsdestotrotz für immer verschlossen.

Wochenlang sah ich mich nach der verpassten Chance den Vorwürfen meiner Mitstreiter ausgesetzt. Jeder behauptete, es besser eingefädelt zu haben, wenn er an meiner Stelle gewesen wäre.

Das schlimmste aber war nicht dieses gnadenlose Urteil über unseren Film. Ich hatte vielmehr unser erstes Drehbuch für einen abendfüllenden Spielfilm in der Tasche!

Ich wollte es dem Produzenten nach erfolgreicher Begutachtung des Kurzfilms überreichen, es quasi unmittelbar ans Ziel befördern. Eine solche Chance erhält man nur ein-, zweimal in seiner Laufbahn. Sonst werden die Schriftstücke nach der Postzustellung bereits von der Sekretärin des Produzenten, ihrer Aushilfe, dem Assistenten des Lektors oder einem unmotivierten Praktikanten auf 400 Euro-Basis herausgefiltert und für immer aus dem Entwicklungskreislauf der Filmproduktion verbannt.

Wir haben uns die Pulsadern nicht aufgeschnitten. Vielleicht hätten wir zumindest aber dem Urteil des Produzenten vertrauen und uns auf ein anderes Berufsfeld konzentrieren sollen, auf eines, das in geordneteren Bahnen verläuft und nicht für die folgenden Jahre stetigen Kampf und ein andauerndes Verteidigen von Ideen bedeutet, die von den meisten Freunden, Verwandten und sonstigen Zeitgenossen als „Hirngespinste" und „brotlose Kunst" abgetan werden.

Aber unsere Ideen waren einfach zu begeisternd. Wir hatten zu viel Power, um uns geschlagen zu geben. Nach dem ersten Schock stürzten wir uns umso mehr ins Zeug.

In der Folge drehten wir in wechselnden Formationen weitere Kurzfilme, die meisten selbst finanziert und nur selten – wie heute in vielen Fällen üblich – mit Filmhochschul- oder Fördermitteln. Wir feierten weitere Festivalerfolge, bescheidene und rauschende, aber dieser Hype verpuffte immer recht schnell.

Film ist ein schnelllebiges Geschäft, doch die Entwicklung des Stoffes und die anschließende Produktion eines Spielfilmes dauert oft mehrere Jahre. Die Finanzierung vor dem Dreh ist dabei der Knackpunkt. Hier müssen viele Kräfte gebündelt und verschiedene Financiers ins Boot geholt werden.

Einer muss dabei immer den Anfang machen, das ist der Produzent, der an das Projekt glaubt.

Unter Umständen hat ihn der Drehbuchautor oder Regisseur durch einen Festivalerfolg auf sich aufmerksam gemacht. Er entwirft die Timeline für den Finanzierungsprozess; innerhalb einer von ihm verschmerzbaren Zeit muss er Finanzierungspartner mit an Bord bekommen.

Zu Beginn ist oft Euphorie über die einzigartige Filmidee da, welche die Beteiligten der ersten Stunde auf einer Welle der Begeisterung rund um die Uhr arbeiten lässt und keine Tür undurchdringbar genug macht, an die man zu klopfen gedenkt. Doch nach den ersten Absagen beginnt die Stimmung zu kippen.

Jeder Einwand kratzt an der Grundidee. Interessierte Mitreisende werfen Alternativrouten in die Runde, sobald sie Ihren Anteil an den Fahrtkosten in Aussicht gestellt und sich damit ein Mitspracherecht am Kurs erkauft haben. Nicht immer zum Vorteil der Reise.

Der Kapitän legt nun in kurzen Abständen die Routen für alle gewünschten neuen Reiseziele vor, hübsch bebildert, um die Passagiere der Premiumklasse bei Laune zu halten. Gleichzeitig setzt er alles daran, den alten Kurs beizubehalten. Er setzt auf Zeit und hegt die Hoffnung, dass sich die ursprünglich anvisierte Qualität durchsetzt.

Bekommen die Premiumklasse-Passagiere davon Wind, drängen sie darauf, bei der nächsten Möglichkeit, unter Auszahlung des Einsatzes wieder an Land gesetzt zu werden. So ist das größte Problem des Kapitäns nicht unbedingt die Verstärkung der Schlagseite, sondern schlichtweg der zur Neige gehende Sprit.

An diesem Punkt wird jeder altgediente Kapitän, der an seinem guten Ruf interessiert ist, sich dazu entschließen, den Rest der Reise ganz abzublasen, anstatt Schiff und Mannschaft dadurch zu gefährden, dass sie ohne Wasser und Proviant auf offener See liegen bleiben.

Er zahlt seine Premiumklasse-Passagiere aus und setzt die kreativen Köpfe und Ideengeber gleich mit an Land. Ihre Heuer ist an diesem Punkt meist schon gleich null, da sie üblicherweise zur Bewältigung der ersten Etappe bereits verbraucht worden ist.

Die Initiatoren gehen nun quasi auf dem Zahnfleisch von Bord und laufen Gefahr, sich ein paar Meter weiter an den erstbesten Seelenverkäufer zu verdingen, der überhaupt bereit ist, sie in dieser erbärmlichen Verfassung anzuheuern.

Ich weiß nicht, ob ich die Gefahr roch, die von der großen, kommerziellen Seefahrt ausging. Wahrscheinlich entschloss ich mich eher instinktiv für das Einhandsegeln, auch wenn ich hin und wieder für einzelne, wenn auch nur sporadische Fahrten zu meiner alten, sturmerprobten Mannschaft zurückkehrte.

In einem Workshop über Kamera und Licht, den ich kurz nach Ende der Schulzeit besuchte, bekamen wir auf die Frage, wie man es als junger, unbekannter Filmemacher schafft, seinen großen Erstling drehen zu können, folgende Antwort:

Ich war mir nicht sicher, ob der Lehrmeister hierbei ein ehernes Gesetz der Filmbranche zitierte oder ob er nur seine persönliche Meinung zum Besten gab.

Auf unsere Situation bezogen bedeutet das in jedem Fall: Wir hatten uns irgendwie bereits gegenseitig ausgeblutet.

Sollte der Produzent doch Recht behalten haben?

Wenn ja, dann käme dies tatsächlich einem perfekten *Catch*-22 gleich – Hut ab vor dem Augenmaß des Produzenten!

Magic Hotel

Wo man hinschaute, überquellende Abfalleimer, leere Bierdosen, Schokoriegelhüllen, Zigarettenschachteln. Jeden Tag das Gleiche.

Hollywood, Los Angeles, wir befanden uns inmitten dieses Traumes. Außen knallte die Sonne und innen keuchte die Klimaanlage, im *Magic Hotel*.

Dieser einfache Bau mit seinen 40 Zimmern, die in einem Quadrat um einen Innenhof mit verlassenem Pool angeordnet waren, hatte seine besten Tage hinter sich. Von außen wirkte er wie eines jener Motels, bei denen man Gefahr läuft, unter der Dusche erstochen zu werden.

Das *Magic Hotel* war ein zweigeschossiges Gebäude. Es gab also oben und unten. Typisch Hollywood. Entweder man schafft es nach oben oder man bleibt unten. Dazwischen ist nichts vorgesehen. Unser Zimmer im *Magic Hotel* war unten.

Durch eine große Alufensterfront und die dahinter liegende Palmengruppe hätten wir die vorbeifahrenden Autos beobachten können, wenn wir nicht, um das grelle Sonnelicht abzuhalten, den ganzen Tag die schweren, orangegelben Vorhänge zugezogen gelassen hätten. Der Teppich unseres Appartements bestand aus langen, dicken, goldgelben Fasern, in denen der Schmutz und die

Geschichten der Jahrzehnte gespeichert waren. Ein begehbarer Wandschrank begrenzte den großen Raum an der Rückseite, eine kleine Küchenzeile mit Anrichte unterteilte ihn in der Mitte. Sie diente uns in erste Linie als Ablage, Schreibtisch und Müllhalde.

Das *Magic Hotel* war auf lange Aufenthalte ausgelegt. Es war willkommener Anlaufpunkt und Herberge für Filmschaffende und andere schräge Vögel, die für einen Termin oder aber für ein längeres Engagement in der Stadt weilten.

Man begegnete diesen Gestalten auf dem Weg zwischen Rezeption und Appartement, schaute ihnen kurz ins Gesicht, grußlos meistens. Jeder barg sein Geheimnis in sich, seine Geschichte. Kurz vor dem Durchbruch oder für immer erfolglos. Man machte sich flüchtig seine Gedanken und konzentrierte sich dann wieder auf das eigene Ziel.

Auf MTV lief *Smells Like Teen Spirit* von Nirvana. Wir durften als erste den anstehenden Triumphzug dieser begnadeten Band miterleben. Unsere Freunde in Deutschland mussten noch einige Wochen darauf warten, dass im Radio nach Jahren der Geschmacksverirrung wieder vernünftige Musik laufen würde. Uns lief es heiß und kalt den Rücken runter, während wir wie gebannt auf die Mattscheibe schauten.

Dabei war dieses Video an Einfachheit kaum zu überbieten. Nachdem sich Kurt Cobain die Schrotflinte in den

Mund gesteckt und dem Erfolg ein schnelles und blutiges Ende bereitet hatte, fragte ich mich oft, ob sich die Produzenten, die damals diesen Clip drehen ließen, nicht ärgerten, dass sie diesem Going Public einer der interessantesten Bands der beginnenden 1990er nicht ein glamouröseres Video spendiert haben.

Damals schon waren wir uns sicher, dass wir einem echten Kulturereignis beiwohnen durften. Wir bauten uns daran auf, während wir ein Sixpack nach dem anderen öffneten. Und auf den Anruf warteten. Den einen Anruf des Produzenten. Der nie kam.

Wir waren das erste Mal in Los Angeles und hatten mächtig viel Respekt vor dieser Stadt. In den heimischen Medien hörte und las man damals nur Horrorgeschichten. Von Überfällen auf Touristen am helllichten Tag, Bandenkriegen, drive-by-shootings. Und wir trauten dem Burschen an der Rezeption keinen Meter über den Weg. Dass er uns den alles entscheidenden Anruf des Produzenten ausrichten würde, falls wir gerade unterwegs wären.

Damals gab es bereits Mobiltelefone, aber sie waren noch unerschwinglich. So verbrachten wir zehn Tage fast ausschließlich im Hotelzimmer. Erst abends, quasi nach Büroschluss, gönnten wir uns etwas Auslauf. Weil es aber schon dunkel wurde und man Angst vor all den Überfällen haben musste, fuhren wir meist auf direktem Weg zu einem der vielen Fast Food Restaurants an den breiten Durchgangsstraßen und danach auf dem gleichen direkten Weg zurück ins Hotel.

Der Kontakt, den wir hatten, war allererster Güte. Der Produzent hatte Filme wie *American Werewolf, Kopfüber in die Nacht* oder *Der Prinz aus Zamunda* produziert und hatte einigen, mittlerweile berühmten Filmschaffenden, den Weg in Hollywood geebnet.

Wir hatten gleich am zweiten Tag nach unserer Ankunft in L.A. eine Audienz bei ihm. Für einen unbeteiligten Beobachter muss unsere Fahrt zu seinem Büro am Sunset Boulevard seltsam ausgesehen haben. Obwohl das *Magic Hotel* nur zwei Querstraßen vom Sunset Boulevard entfernt liegt, verfuhren wir uns auf diesem sehr eindeutigen Weg mehrmals. So aufgeregt waren wir.

Nachdem wir unseren Wagen umständlich geparkt haben, stürmten wir das Gebäude. Keiner von uns konnte seinen Blasendruck noch richtig halten. Auf jedem zweiten Stockwerk hielten wir vergeblich den Fahrstuhl an, um dann erst im zehnten Stock, der Etage des Produzenten, das erlösende WC-Schildchen zu erspähen. Schließlich streckten wir erleichtert der Sekretärin die Hand entgegen.

Der Produzent war mitten im Telefonat. Zu dieser Zeit kannten wir Headsets nur aus amerikanischen Filmen. Diese Apparatur an seinem Kopf flößte uns Respekt ein. Obwohl der Produzent parallel mit mehreren Gesprächspartnern telefonierte, bot er uns freundlich zwei

Plätze an und instruierte seine Sekretärin, uns Getränke zu bringen. Wir verstanden nicht genau, um was es in den Telefonaten ging, aber die großen Namen, die ständig fielen, ließen nun auch unsere Gedärme japsen.

Mein Begleiter auf diesem Existenztrip – ich nenne ihn mal Elliot – hatte dem Produzenten sein neues Drehbuch zukommen lassen. Und dieser hatte es gelesen. Das war sie also, unsere zweite und letzte Chance.

Obwohl ich mich mit den Werken meines langjährigen filmischen Mitstreiters zu diesem Zeitpunkt nicht mehr identifizieren konnte und wir bereits seit einigen Jahren getrennte berufliche Wege gingen, ließ mich sein Angebot, mit ihm zusammen einen Film unter Hollywoodverhältnissen zu drehen, alle Bedenken vergessen.

Der Produzent hielt das Projekt für äußerst interessant: Die Lebensgeschichte eines Deutschen, der durch seine traumatischen Erlebnisse während des Zweiten Weltkrieges zum Killer mit internationalen Auftraggebern wird. Er kritisierte lediglich ein paar Punkte, die unter Hollywoodaspekten verändert werden mussten, um das amerikanische Publikum direkter anzusprechen.

Wir diskutierten viele Details und schwebten bereits im siebten Himmel. Wir haben es geschafft! Dann ging der Produzent daran, die Rollen des Drehbuches zu besetzen. Mit all den großen Namen, welche vor ein paar Minuten noch in anderem Zusammenhang genannt wurden. Uns wurde ganz schwindelig. Später erst erfuhren wir, dass dies in Hollywood ein ganz gewöhnlicher Arbeitsprozess ist. Der Name des Schauspielers entscheidet über den Erfolg, die Höhe der Einspielergebnisse des Films. In den meisten Fällen.

Ein Anruf unterbrach die kreative Runde. Die Miene des Produzenten wurde zusehends ärgerlicher. Er beendete das Telefonat mit einem hämischen Lachen. Danach erklärte er uns, um was es in diesem Gespräch gegangen war. Er hatte vor einiger Zeit dem Sohn eines Golfpartners ein Filmvorhaben finanziert. Als Gefallen unter Freunden. Gerade habe er nun erfahren, dass der Filius das Projekt in den Sand gesetzt hat. Das hämische Grinsen tauchte wieder auf seinem Gesicht auf und er fügte hinzu, dass er das bereits geahnt hätte, als er dem Bürschchen zum ersten Mal die Hand gedrückt hatte. Keine Kraft darin. Ein matschiger Händedruck.

Er verabschiedete uns und versprach, unser Filmprojekt mit zwei Kollegen zu besprechen – und uns danach anzurufen, für ein weiterführendes Gespräch. „Don't call us, we call you." Diese Floskel kennt mittlerweile jeder, und in diesem Fall bedeutete sie: Kontaktiert mich unter keinen Umständen ein zweites Mal. Ich werde euch bereits aus meinem Gedächtnis gestrichen haben, sobald ihr die Tür hinter euch geschlossen habt.

Diese Umgangsform wird mir immer gänzlich fremd bleiben. Vielleicht ist sie die oft beschriebene amerikanische, speziell kalifornische Art. Vielleicht hatte er uns auch nur deshalb auf die Abschussliste gesetzt, weil er in einem unserer Gesichter mit einem Mal das Konterfei des missratenen Sohnes seines Golfpartners entdeckte.

Man trifft auf diese Wesensart auch bei uns, wenn man nicht gerade in solch krasse Situationen gerät, wie bei meinem ersten Kontakt mit dem deutschen Produzenten.

Pure Höflichkeit? Man will sein Gegenüber nicht verletzen, indem man ihm ins Gesicht sagt, dass man ihn für einen Idioten hält, oder seine Arbeiten für die Ausgeburten eines kranken Kopfes. Gewissermaßen hat diese Art etwas extrem Deeskalierendes an sich. Würde man sie weiterspinnen, könnte sie noch weit größere, handfeste Konfrontationen verhindern helfen.

Zu dumm nur, dass man als Gegenpart nie weiß, woran man eigentlich ist. Sich ständig fragt, in welchem Moment, in welchem Bruchteil einer Sekunde man den entscheidenden Fehler gemacht, die falsche Geste oder eine unangebrachte Frage vom Stapel gelassen hat.

Das beschäftigt einen. Jahrelang. Ich denke nicht, dass auf diese Weise eine Herde sanftmütiger Lämmer herangezogen wird. Vielmehr bin ich der Überzeugung, dass sie den puren Hass schürt. Der sich wie ein Schwelbrand langsam aber unaufhaltsam ausbreitet, um irgendwann, in einem Moment, der nicht vorherbestimmbar ist, durch unerwartete Sauerstoffzufuhr zur alles vernichtenden Feuerwalze auszubrechen.

Elliot und ich haben dem Zimmermädchen ein großzügiges Trinkgeld gegeben, bevor wir Hollywood den Rücken kehrten. Wobei ich denke, dass wir uns noch recht gesittet verhalten haben. Andere Geschäftsreisende feierten Sexorgien mit einer ganzen Armada von Prostituierten. Oder zerlegten das komplette Mobiliar. Rock 'n' Roll.
Eineinhalb Wochen fast ausschließlich im Hotelzimmer. Das Trinkgeld war gut angelegt. So konnte ich mich im Land der brown bags später noch einmal sehen lassen, um den großen Playern etwas eindringlicher auf den Zahn zu fühlen.

Alleingang

Beim zweiten Mal wagte ich ein Solo. Ich landete ohne Begleitung in Los Angeles. Der nächtliche Landeanflug über das nicht enden wollende Lichtermeer dieses Molochs, 120 Kilometer im Durchmesser, trieb mir den Angstschweiß aus den Poren.

Die Wochen vor dem Abflug hatte ich fast ununterbrochen Nasenbluten. In Stresssituationen neigt meine Haut dazu, auszutrocknen. In diesem Fall war es so extrem, dass dieser Zustand auf meine Schleimhäute übergriff. Von verschiedenen HNO-Ärzten ließ ich mir eine ganze Batterie von Nasensalben verschreiben. Da ich keiner alleine traute, nahm ich sie den Tag über im Wechsel. Damit bekam ich das Problem einigermaßen in den Griff, obwohl es für mich weiter zum Normalzustand gehörte, mich morgens erst mal übers Waschbecken zu beugen, um das Blut laufen zu lassen, bis das Eiswasser im Nacken die roten Sturzbäche schließlich zum Stillstand brachte.

Auf dem Weg vom Flugzeug zum Gepäckband fragte ich mich ständig, warum ich mir das antat. Ich hatte meine Wohnung aufgegeben, die komplette Einrichtung verkauft, auch meine umfangreiche CD-Sammlung, meine

Bücher und sonstigen Kleinkram verschenkt, meinen Computer gegen ein Powerbook eingetauscht und mich den scharfen Vorwürfen der wenigen verbliebenen Freunde ausgesetzt, denn ich hatte all mein Erspartes zusammen gekratzt, um endgültig mein Glück in Hollywood zu suchen.

Ich knüpfte dort an, wo ich das letzte Mal aufgehört hatte. Im *Magic Hotel.* Es war gerade noch ein Zimmer frei. Im hintersten Winkel, direkt neben dem Technikraum, in dem die Wasseraufbereitungsanlage des Pools und diverse andere Maschinen ohne Unterlass dröhnend ihren Dienst verrichteten. Diesmal war ich also weit weg vom Glamourgefühl, dass uns damals fälschlicherweise beflügelt hatte.

In der ersten Nacht machte ich kein Auge zu, obwohl mir der Jetlag in jedem Knochen saß. Drei Monate. Das war die Zeit, in der ich es schaffen musste. In der sich die Weichen für den Rest meines Lebens stellen würden. Dann würde meine Kasse leer sein, und „zu Hause" nur noch quälende Fragen auf mich warten. Die Maschinengeräusche im Raum nebenan hatten irgendwann etwas Beruhigendes; ich war nicht ganz so alleine mit meinen Gedanken.

Am frühen Morgen mischte sich Regenplätschern in das Wummern. „It never rains in California", die Behauptung war spätestens mit diesem grauen Morgen widerlegt. Es war Anfang März, und ich hatte mich auf ein Blütenmeer exotischer Pflanzen eingerichtet, nicht auf regengraue Tage. In den folgenden Wochen würden noch viel stärkere Regenfälle die Westküste heimsuchen. Das letzte Mal waren wir Anfang Dezember in der Stadt, bei fast 30 Grad Celsius, und die Christbaumverkäufer mussten ihre Waren mit provisorischen Dächern aus Bambusmatten abschatten.

Sicher, ich war nicht auf Urlaub hier. Dafür stand zu viel auf dem Spiel. Meine Zukunft. Aber kein normaler, sinnlicher Mensch würde sich die visuellen und olfaktorischen Genüsse entgehen lassen, mit denen Kalifornien einen überwältigt.

Natürlich hatte ich den mehrteiligen *SPIEGEL*-Bericht im Kopf, über die deutschen Glücksritter in Hollywood, in dem man die Drehbuchautoren und Regisseure teilweise vor ihrem Computer in irgendeinem schäbigen Gartenhaus vor sich hin brüten sah; wie Vampire, die nur bei Nacht die Höhle verlassen. Aber auf der anderen Seite gab es auch die Lebemenschen unter den Pionieren, die sich unmittelbar nach dem Betreten des amerikanischen Bodens bei einem der unzähligen Gebrauchtwagenhändler ihren Traumschlitten, einen Eldorado oder eine Corvette, kauften und der Kreativität mit ausgiebigen Spritztouren und viel Fahrtwind auf die Sprünge halfen. Die Grazien unter den Filmschaffenden zog es natürlich eher zu den abendlichen Ausritten im Griffith Park oder zum Inline Skating am Venice Beach.

Das ist das Tolle an Kalifornien: Die Leute arbeiten zwar bis zum Umfallen, in ihren zwei oder drei Jobs, die sie brauchen, um über die Runden zu kommen. Aber sie tragen dieses große Lebensgefühl in sich, diese energiegeladene Lebenskunst, die weit von trägem Müßiggang entfernt ist. Amerika ist auf einem Traum aufgebaut, der die Narben der Geschichte kaschiert.

Ich war mittlerweile einige Wochen in der Stadt, hatte dem *Magic Hotel* den Rücken gekehrt und durch einen glücklichen Zufall ein Zimmer bei einem deutsch-amerikanischen Paar mieten können, in einer ziemlich ruhigen Gegend zwischen Hollywood und Pasadena. Das war bis dahin der nahezu einzige positive Aspekt an meinem Unternehmen.

In meiner neuen Bleibe hatte ich meine eigene Telefonleitung vom Anschluss an der Außenwand, unter dem Boden des Hauses hindurch, zu meinem Zimmer gezogen. Das Haus war an einem der vielen Berghänge der Stadt gebaut und glich das bedrohliche Gefälle lediglich durch zwei starke, freistehende Eisenpfeiler an der überhängenden Seite aus.

Vieles in den USA ist sehr einfach gestrickt und ruft bei mir ständig Assoziationen an die Bilder aus DDR-

Zeiten wach, über die wir uns als Westler immer so amüsiert hatten.

Ich telefonierte reihum, um meine neue, eigene Nummer bekannt zu geben. An den meisten Anschlüssen war nur der Anrufbeantworter oder die unüberwindbare Sekretärin dran. Hauptsächlich wandte ich mich an die ganz Großen: Spielberg, Scott, Cameron, Stone.

Ich fuhr zweigleisig. Bei den Vorbildern bat ich um eine Audienz für einen Erfahrungsaustausch, notfalls würde ich sogar als Regieassistent an einem ihrer Projekte mitarbeiten. Damit hatte ich mich innerlich schon fast verabschiedet von den eigenen, hochtrabenden Regieplänen.

Heute denke ich, dass dies der entscheidende Fehler meiner Unternehmung war. Die Amerikaner erwarten, dass man ihnen selbstbewusst gegenübertritt, mit einem Anliegen oder Projekt, das sie fesselt, unterhält oder einfach nur jede Menge Profit in Aussicht stellt. Als kleiner Bittsteller ist man dort fehl am Platz. Aber als Deutscher, der mit einer erdrückenden Last von Schuldgefühlen gegenüber seiner Geschichte großgezogen wurde, ist es gar nicht so leicht, erhobenen Hauptes God's Own Country zu betreten. Außerdem hängt ihm noch dieses ganze europäische Anspruchsdenken am Hacken, das ihn zusätzlich lähmt.

Plan B war die Vermarktung der eigenen Person als Regisseur von Videoclips und Werbefilmen. Als Spielfilmregisseur wollte ich mich nicht gleich ins Gespräch bringen, dazu fehlte mir nun wirklich der Schneid – was wiederum der besagte, große Fehler war.

Wie sich aus vielen meiner Berichte sicherlich herauslesen lässt, ist mein Charakter eher von Bescheidenheit und Zurückhaltung geprägt; und eben von dieser Aufrichtigkeit, die im Filmmetier eigentlich überhaupt nichts zu suchen hat. Die Filmbranche baut auf Blendung und Hochstaplerei, und ihre Helden sind Zocker und Vabanque-Spieler allererster Güte.

Aber was soll man machen, wenn man von seiner Persönlichkeit her eher ein braver Angestellter wäre, auf der anderen Seite aber dieses unbändige kreative Potential in sich birgt, welches einen dazu prädestiniert, ein großer Schriftsteller, Regisseur, Maler oder Musiker zu werden? Soll man die Klappe halten und still vor sich hin leiden? Geduldig darauf warten, dass irgendwann endlich alles vorbei ist?

Mitnichten! Man entschließt sich trotz allem, den großen Schritt nach vorne zu wagen. Sich nach außen zu begeben, um sich seine Ohrfeigen stapelweise abzuholen, schön der Reihe nach. All die Erniedrigungen aufzulesen, um sie dann zu Hause ordentlich abzuheften.

Oder sich mit Personen einzulassen, die man unter anderen Umständen mit Abscheu nur aus der Ferne betrachten würde.

„Ganz Amerika ist auf einem Traum aufgebaut", sagte mir dieser Los Angeleno an jenem Abend, den ich so schnell nicht vergessen werde. „Entspann dich und lass die Dinge einfach auf dich zukommen. Ihr Deutschen neigt immer dazu, alles mit so einer sturen Hartnäckigkeit zu verfolgen."

An dieser Betrachtungsweise war sicherlich etwas dran. Mir war aber ganz und gar nicht nach Entspannung zu Mute. Vielmehr befanden sich all meine Sinne auf Alarmstufe Rot. Der geringste Impuls genügte, und meine Muskeln würden ein Bewegungsfeuerwerk entfachen, das jeden in meiner Reichweite wie durch einen Mixer drehen würde.

Zu spät erkannte ich, worauf ich mich da eingelassen habe. Die Wohnungstür schloss sich bereits hinter mir, als mir klar wurde, worauf dieser Abend hinauslaufen sollte.

Ich war seit mehreren Wochen in der Stadt und mit Ohrfeigen und Erniedrigungen reichlich überhäuft worden.

Man hat natürlich immer ein paar Adressen dabei, wenn man so einen Ausflug antritt, für alle Fälle. Bei einer dieser Nummern, die ich schon am ersten Morgen nach meiner Ankunft systematisch abtelefonierte, war immer nur der Anrufbeantworter dran.

Es handelte sich um einen Producer im Film- und TV-Bereich, der viel auf dem Globus unterwegs war. Das beeindruckte mich. Seine ganze Art war mir jedoch zu direkt und fordernd. Das irritierte mich.

Wenn er mich als Agent in Hollywood an den Mann bringen sollte, musste ich zunächst folgende Forderung erfüllen: Ich sollte bei ihm einziehen, quasi noch in derselben Nacht meine Sachen aus der anderen Wohnung holen und mich mit ihm in die Szene von Venice werfen. Diese Aufgabe unterbreitete er mir etwa eine Minute, nachdem wir uns kennen gelernt hatten.

Nun gut, der Ort war nicht uninteressant mit seiner Strandnähe. Offensichtlich war er aber so unbezahlbar, dass mein Gegenüber das Zwei-Zimmer Appartement mit seinen etwa 50 Quadratmetern Grundfläche mit zwei weiteren Mitbewohnern teilte. Der Blick in das Schlafzimmer ließ mich vor Schreck erstarren. Eine Matratzenwiese, wie ich sie bis dahin nur in plüschigen Hollywoodfilmen zu Gesicht bekommen hatte, breitete sich vor mir aus. Man konnte davon ausgehen, dass man morgens, nach diversen Körperkontakten mit den Mitbewohnern, an einer ganz anderen Stelle aufwachte, als dort, wo man sich abends zum Schlafen hingelegt hatte.

Ich versuchte äußerlich ruhig zu bleiben, mir nicht anmerken zu lassen, wie sehr mich diese ganze Atmosphäre, diese unglückliche Situation anwiderte. Das gelang mir zwar recht gut, aber mein Sprachzentrum war nahezu schachmatt gesetzt. Ich konnte keinen zusammenhängenden englischen Satz mehr formulieren und beschränkte mich darauf, erst mal zum Fenster hinaus zu schauen und mit anerkennendem Kopfnicken den Blick zum Beach hin zu goutieren.

Eine klare Absage an die Einladung meines Gastgebers brachte ich partout nicht über die Lippen. Ständig versuchte ich hochzurechnen, ob dies hier eine der oft beschworenen, großen Chancen war, der man später hinterher trauern würde, wenn man sie ausschlug. Klar, dieser Typ hatte nicht ansatzweise das Kaliber der großen Produzenten, die mich in der Vergangenheit so kalt hatten abblitzen lassen. Aber war nicht gerade das meine Chance? Den Kontakt zu jemandem zu pflegen, der fast ebenbürtig war, der aber über die wichtigen Kontakte in der Filmbranche verfügte?

Es war wie auf der berüchtigten Besetzungscouch, der ja dem allgemeinen Glauben nach immer nur Frauen zum Opfer fallen. Hier würde ich es sein, der dran glauben müsste.

Der nun folgende Auftritt eines der beiden Mitbewohner machte die Situation noch prekärer. Es war der Begrüßungskuss, den die beiden austauschten. Dieser Kuss war so innig, dass mir beim Hingucken ganz schlecht wurde. Als der Mitbewohner auf mich zukam, hoffte ich inbrünstig, dass ich mich vor dieser Art der Begrüßungszeremonie irgendwie drücken könnte. Glücklicherweise erwischte mich nur ein feuchter Händedruck. Danach wurden von den beiden Pläne für die Abendgestaltung entworfen.

Krampfhaft versuchte ich, in meinem Kopf ein paar diplomatische englische Sätze zu formulieren, mit denen ich mich aus der Affäre ziehen konnte. Hals über Kopf die Wohnung verlassen, das wollte ich nicht.

Der Mitbewohner, ein Architekt, begann Drinks auf der Küchenanrichte zu mixen, welche als einziges Einrichtungselement den Wohnraum unterteilte. Ich hatte die Auswahl zwischen Gin Tonic und Wodka Orange. Ohne Schuss war nicht drin. Ich wünschte mir zwar ganze Wagenladungen von Bier, um den Stress abzubauen, der meinen Körper vollständig im Griff hatte. Andererseits musste ich klaren Kopf behalten. Im nächsten Moment hatte ich jedoch das erste Glas in der Hand. Ich leerte es mit einem Zug.

Die Jungs hatten ihren Spaß und brachten die Namen verschiedener Clubs ins Gespräch, die man aufsuchen könnte. Ich sollte entscheiden. Mit aufmunternden Blicken schauten sie mich an, und als ich noch vergeblich versuchte, irgendwie meine Sprachblockade einzureißen, wurde mir schon der nächste Drink in die Hand gedrückt. Während ich das Glas in kleinen, hastigen Schlucken leerte, deuteten die Jungs in der engen Küchennische ein paar Tanzschritte an. Die Stereoanlage wurde auf volle Lautstärke gedreht, und sie führten demonstrativ einen Balztanz auf. Mich widerte das alles an, aber meine Position hätte defensiver nicht sein können.

Ein kräftiger Klaps traf mich zum Glück nur an der Schulter, das Licht wurde gelöscht und ehe ich mich versah, befanden wir uns auf dem Weg in die Tiefgarage, wo wir vor einem dieser gigantischen, alten Convertibles ankamen, einem Cadillac Eldorado. Ich wurde auf den Rücksitz bugsiert, das Garagentor öffnete sich vor uns, und wir bogen auf eine kleine Stichstraße ein, welche die Hauptstraße von Venice mit dem Beach verband.

Im nächsten Moment sonnten wir uns im Licht unzähliger Scheinwerfer. Ich musste erkennen, dass sich unser historisches Gefährt in jämmerlichem Zustand befand. Langsam steuerte der Architekt den Wagen durch ein hell erleuchtetes, nächtliches Filmset.

Ein paar Dutzend Runner und Assistenten jeglicher Gattung verbreiteten mächtig Hektik. An allen Ecken wurden Scheinwerfer justiert, Schaulustige zurückgedrängt, Walkie-Talkies in verschwitzten Händen gequält und Kommandos ausgegeben.

Das Auftauchen unseres Boliden inmitten dieser Szenerie sorgte für zusätzliche Unruhe. Offensichtlich hatte niemand damit gerechnet, dass Anwohner Ausfahrt aus ihren Garagen begehren würden. Ein Produktionsassistent dirigierte uns hektisch durch dieses Chaos.

Am Rande der Szenerie sah ich Al Pacino auf und ab gehen. Für einen kurzen Moment wurde ich gedanklich aus meinem Dilemma gerissen.

„Klasse", dachte ich, „du bist hier in einem echten Filmset eines echten Hollywoodfilms gelandet."

Ein Mann, der unter dem ganzen Ameisenvolk den abgeklärtesten Eindruck machte, trat an Al Pacino heran und unterhielt sich mit ihm. Ich erkannte ihn sofort, der gewöhnliche Kinogänger hätte Mühe gehabt, überhaupt seinen Namen einzuordnen. Michael Mann. *Blutmond, Der letzte Mohikaner* und natürlich die ganze *Miami Vice* - Serie waren unter seiner Regie entstanden.

Über sein aktuelles Projekt hatte ich bis dahin aber noch nichts gehört. *Heat*, wie uns der Assistent auf die Frage des Producers zurief. Ich konnte in diesem Moment noch nicht ahnen, dass ich dieses Meisterwerk Monate später im Kino sehen und einen der schlimmsten „Gescheiterter Filmemacher"-Momente erleiden würde. Erst Jahre später wurde diese seelische Höllenfahrt durch *Fight Club* auf einen neuen Höhepunkt getrieben.

Wir bogen auf die Main Street ein und fuhren an einigen gut besuchten Cafés vorbei, in die ich gerne sofort geflohen wäre. Ich wollte nichts lieber als unter vielen Leuten sein. Nicht mehr allein mit diesen zwei Turteltäubchen.

Erneut sorgte eine Straßenabsperrung für einen unplanmäßigen Halt. Auch hier war eine Filmcrew zu Gange. Die gesamte Straßenzeile war hell erleuchtet. Mehrere

Wagen jagten in halsbrecherischem Tempo an den Geschäften und belebten Bars vorbei, um nach kurzer Distanz heftig abzubremsen. Eine beeindruckende Action-Sequenz.

Wir bogen in eine Seitenstraße ab und entfernten uns vom Rummel. Der Producer drehte sich zu mir um und sagte: „Siehst du, was hier ab geht? Ich muss dich wohl nicht weiter überreden, bei uns einzuziehen, oder?"

Der Architekt steuerte stoisch auf eine verlassene Industriegegend zu. Mir fiel ein, dass ich einige Tage zuvor schon am Rande dieser Gegend auf und ab gekurvt war, auf der Suche nach einer Werbefilmproduktion. Ich hatte mich dann aber doch nicht dazu überwinden können, hier einzubiegen, weil ich mir nicht vorstellen konnte, dass etwas anderes als ausgediente Lagerhallen, Schrottplätze oder verlassene Güterbahngleise anzutreffen sein würden.

Nun waren wir auf dem direkten Weg in dieses gottverlassene Loch. In meinem Kopf schwirrten immer noch die Bilder der Filmsets umher, die aber mit einem Mal wie weggeblasen waren und von den schlimmsten Vorahnungen verdrängt wurden.

Dunkelheit machte sich breit. Der Abstand zwischen den Straßenlaternen schien sich kontinuierlich zu vergrößern. Meine Begleiter sprachen kein Wort, was die Szene noch unheimlicher machte.

Eine gedämpfte Lichtquelle tauchte zwischen den Lagerhallen auf. Musik war zu hören. Wir hielten vor einem
Wellblechungetüm und stiegen aus. Ich schöpfte wieder
Hoffnung, denn andere Menschen würden mir irgendwie Schutz vor diesen zwei Burschen gewähren.

Der Türsteher ließ uns anstandslos durch und mein
Herz machte einen Sprung, als wir von der Musik und
dem Getümmel der Diskothek verschluckt wurden. Die
zwei steuerten auf die Bar zu und fragten, ob ich auch ein
Bier wolle. Ich bejahte und schaute mich um, während
die beiden auf die Getränke warteten.

Coole Szenerie, gigantisch, grell, laut. Aber irgendetwas
stimmte hier nicht, das war mir sofort klar. Nur was?

Der Producer drückte mir ein Bier in die Hand und
sah mich triumphierend an. „Na," fragte er, „was siehst
du?" Ich schaute mich wieder um. Plötzlich wusste ich
die Antwort, aber ich wollte sie nicht aussprechen. „Lau-
ter Männer, was?", bemerkte er triumphierend.

Einer meiner Bekannten in Deutschland hat mir einmal
im Spaß bescheinigt, dass ich eine der Personen mit der
größten anzunehmenden Homophobie in der Stadt bin.
Damals mussten wir beide darüber lachen. In diesem
Moment aber konnte ich mir in der Tat niemanden vorstellen, den diese Szenerie, inmitten derer ich mich augenblicklich befand, mehr anwiderte, als mich.

Die Art, wie sie mich ansahen, war mir zu schamlos. In dieser direkten Art würde ich es nie wagen, eine Frau zu umwerben. Dieses ungebrochene Selbstbewusstsein im Umgang mit ihrer Beute irritierte mich. Nein, es kotzte mich an!

„Entspann dich und lass die Dinge einfach einmal auf dich zukommen", tönte es nun gehässig in meinen Ohren. „Ihr Deutschen neigt immer dazu, die Dinge mit so einer sturen Hartnäckigkeit zu verfolgen." Der Producer gab mir einen freundschaftlichen Knuff in die Seite.

Hölle !!!

Mir fielen diese Filmszenen ein, in denen ein Großstädter in einem dieser abgelegenen, amerikanischen Wüstenkaffs strandet, eine Kneipe betritt und augenblicklich jedes Gespräch verstummt, weil ihn jeder im Raum sofort als den einzigen Fremden im Raum ausmacht, der in dieser Stadt nichts zu suchen hat.

Mir fiel auch der Bericht meines Vermieters am anderen Ende der Stadt ein, der von drei Studenten handelt, die auf der Fahrt von der West- zur Ostküste spurlos verschwanden. In irgendeinem dieser gottverlassenen Kaffs, die von übergewichtigen, sonnenverbrannten Dumpfbacken bewohnt werden, denen die Inzucht im Lauf der Generationen das letzte Fünkchen Verstand geraubt hatte.

„Niemals das Boot verlassen", murmelte ja schon Martin Sheen in *Apocalypse Now* immer wieder vor sich hin, nachdem seine Begleiter bei einem kurzen Landgang im Dschungel Vietnams fast von einem Tiger gefressen worden waren.

Ich hätte nie dieses Land betreten sollen!

Ich war weder Chuck Norris noch Jackie Chan. Die Genugtuung, all meine Widersacher durch die Explosion meiner Muskeln zu Kleinholz zu verarbeiten, konnte ich alleine in meiner Phantasie ausleben.

Deshalb prostete ich meinen Begleitern mit der Bierflasche zu. Der Architekt fragte mich, ob ich schon alle Bauwerke Frank Gehrys in der Stadt gesehen hätte. Ich verneinte und ließ mir in den folgenden Minuten bereitwillig die Route für eine ausgiebige Sightseeing Tour entlang der modernen Architektur von Los Angeles ausarbeiten. Als ich mich im Gegenzug als ein Kenner der europäischen Architektur zu erkennen gab, hatten wir ein Gesprächsthema, bei dem ich für eine Weile fast vergaß, wo wir uns befanden.

Der Producer wurde aus dieser Unterhaltung so gut wie ausgeklammert. Nur hin und wieder streifte mich seine Hand, wenn er sich demonstrativ zur Musik bewegte.

Der Aufbruch erfolgte genau so abrupt wie vorhin zu Hause. Die beiden stellten ihre Flaschen auf der Theke ab und bugsierten mich Richtung Ausgang.

Erst sträubte ich mich und hatte allen Ernstes vor, ihnen nahezulegen, ohne mich nach Hause zu fahren. Als ich mich aber kurz umschaute und den einen oder anderen verliebten Blick eines der Tanzenden auffing, gab ich diesen unsinnigen Gedanken sofort auf.

Der Architekt setzte sich ans Steuer, der Producer gesellte sich zu mir auf den Rücksitz. Seine Stimmung schien bestens zu sein. Er gab mir immer wieder einen Klaps oder kniff mich irgendwo, während er seinem Kompagnon durch den Fahrtwind Belanglosigkeiten zurief. Ich blieb ruhig, denn ich erkannte, dass wir den Weg zurückfuhren, den wir gekommen waren. Das Ende dieses Albtraumes schien absehbar.

Schließlich hielten wir bei meinem Wagen, den ich eine Querstraße vom Apartment der beiden entfernt geparkt hatte.

Der Motor des Eldorado blubberte im Leerlauf vor sich hin, als der Producer meinen Arm ergriff und mir fest in die Augen schaute: „You'll never make it in Hollywood!"

Er zog mich so plötzlich zu sich heran, dass ich nichts machen konnte, außer meinen Kopf gerade noch leicht zur Seite zu drehen. So traf sein langer, feuchter Kuss nur meine Wange, dann stieß er mich von sich.

Ich würgte, während ich die Tür öffnete und aus dem Wagen stieg. Der Architekt wünschte mir viel Spaß bei meiner Sightseeing Tour, dann gab er Gas, und der Cadillac verschwand um die Ecke.

Ich stand vor meinem kompakten Mietwagen, den ich viele Wochen zuvor, wie unzählige andere Touristen auch, von einem riesigen Parkplatz am Flughafen abgeholt hatte, und schaute unendlich lang die nackte Hauswand an, die sich hinter der schneeweißen, mit Tausenden von Moskitoleichen überzogenen Karosserie erhob.

Wäre im nächsten Moment eine Latino-Gang mit quietschenden Reifen um die Ecke gebogen und hätte die Magazine ihrer Uzis vor mir entleert, ich hätte es wie selbstverständlich akzeptiert.

Hätte sich im nächsten Augenblick das Jahrhunderterdbeben über die Stadt erhoben, ich hätte triumphiert.

Mir ging die Anfangssequenz aus *Terminator 2* durch den Kopf, ein heftiger, futuristischer Albtraum. Ganz Los Angeles wird durch die alles vernichtende Feuerwalze eines atomaren Infernos in wenigen Sekunden für immer von der Landkarte gelöscht.

Ich atmete tief durch und versuchte aufzuwachen aus diesem Albtraum.

Panzerschlacht

„Feyrig verschanzt sich mit seiner Einheit hinter einer kleinen Bodenerhebung. Nur spärlicher Schutz, in Anbetracht der Stahlmasse, die unaufhaltsam auf sie zurollt. Sie bringen die Panzerfäuste in Anschlag. Der Sturmbannführer brüllt kurze Befehle durch das heraufziehende Donnern. Einer der Gefreiten macht sich in die Hose. Der Kamerad zu seiner Rechten kann das Zittern seiner Hände nicht unter Kontrolle bringen. Er schafft es nicht, die Panzerfaust zu entsichern. In diesem Moment bleibt der Panzer an der Spitze der Angriffsfront stehen und richtet die Mündung des Geschützes auf die Bodenerhebung aus."

Solche Meldungen erreichten mich regelmäßig zwischen ein und zwei Uhr morgens, nachdem ich schlaftrunken den Telefonhörer abgenommen habe.

Das ging nun schon seit Monaten so. Die Anrufe kamen in immer kürzeren Intervallen, bestimmt von der Besessenheit und dem Alkoholkonsum des Autors – meines langjährigen filmischen Mitstreiters Elliot. Wenn er eine blendende Idee hatte, musste sie umgehend an den Mann gebracht werden. Und ich war sein begehrtestes Opfer.

Andere Leute schalten abends grundsätzlich den Anrufbeantworter ein, um nicht gestört zu werden. Ich hatte die Hoffnung, dass sie irgendwann von selbst aufhören würden – diese Kriegsgeschichten, Schicksale von Soldaten, Mitläufern und Opfern des Dritten Reichs.

An diesem Punkt hatte ich mich Jahre zuvor abgekoppelt. Wir lagen zu Schulzeiten immer auf derselben Wellenlänge, hatten, ohne dass wir uns abgesprochen hätten, exakt die gleichen Grund- und Leistungskurse, auch in Literatur und Kunst, belegt, hörten dieselbe Musik und verschlangen die gleichen Filme im Kino.

Alien, Blade Runner, Angel Heart, Birdy, The Hunger, Brazil, Apocalypse Now, A Clockwork Orange, 2001, Lawrence von Arabien, ... das waren unsere Vorbilder. So wollten wir es auch machen, nur auf eine europäischere, in einigen Fällen etwas weniger britische Art. Mit einer Spur mehr Anspruch und Reflektion. Aber die Größe musste es definitiv sein, dieselben grandiosen Bilder, die aufwändigen Kamerafahrten, gewaltigen Sets und die langen Einstellungen auf den Gesichtern großartiger Schauspieler von Weltformat. Nicht dieses dröge, graue Kino, das damals in Deutschland gemacht wurde, ideenlos abgefilmt, langatmig und garantiert in keinem Moment packend.

Damals hatten kommerzielle Projekte bei den Filmförderungen noch keine Chance. Es wurden vorwiegend „künstlerisch wertvolle" und „gesellschaftlich relevante"

Projekte unterstützt, die das Publikum kaum interessierten und in leeren Kinosälen spielten.

Nächtelang saßen wir zusammen und sponnen Ideen aus, die sich an den großen Vorbildern orientierten. Anfangs war es reine Flachserei und Prahlerei, Filmzitate und nachgesprochene Szenen, die mehr dazu dienten, uns die Zeit zu vertreiben oder in Stimmung zu bringen, bevor wir uns dann ins glitzernde und laute Nachtleben stürzten, um Kumpels zu treffen und Frauen zu erobern.

Aber irgendwann fingen wir an, unsere Ideen zu Papier zu bringen. Die ersten Drehbücher entstanden.

Anfangs kamen dabei mitnichten die Werke heraus, die wir uns in unserem Überschwang immer ausgemalt hatten; es ist gar nicht so einfach, sich mit 18, 19 in die Lage von 35- oder 40-jährigen zu versetzen, dem Alter vieler prägender Filmfiguren.

So drifteten wir erst einmal hoffnungslos in Geschichten ab, die in etwa gesteigerte, manchmal kriminalisierte Versionen unseres eigenen Zustandes waren:

„Junge trifft Mädchen in Disco und muss sich fortan gegen Exfreund der Angebeteten durchsetzen, was in einem Showdown auf Leben und Tod endet."

Oder: „Einsamer Mann Mitte 40 lernt jugendlichen Vamp in Kneipe kennen und kann sein Glück nicht fassen; doch sie verbirgt ein dunkles Geheimnis."

Oder, schon etwas besser: „Rollstuhlfahrer Mitte 30 kommt einem Verbrechen auf die Spur, nachdem er durch Zufall an kompromittierende Fotos gekommen ist; doch der Täter kommt ihm auf die Schliche und dringt in seine Wohnung ein; der Rollstuhlfahrer scheint rettungslos in der Falle zu sitzen."

Schließlich: „Junger Mann ist der Kronzeuge im Stammheimer Terroristenprozess; auf dem Weg zum Gerichtsgebäude kann er einer versuchten Entführung durch Komplizen der Terroristen durch Zufall entkommen; doch auf der Verfolgungsjagd quer durch die Innenstadt gerät er in eine tödliche Falle."

Das hatte nun schon einigermaßen den gewünschten Anspruch, gepaart mit reichlich Action, und wir entschlossen uns, daraus unseren ersten Kurzfilm zu machen.

Wir kontaktierten Freunde, Bekannte, Eltern und ein paar Schauspielschüler, die wir kannten, zwecks tatkräftiger Unterstützung und Zurschaustellung, suchten Drehorte für Innen- und Außenaufnahmen, Unterführungen, Hochhausdächer, Straßenzüge, brachten Tage mit Herumtelefonieren zu, um Requisiten, Waffen, Fahrzeuge und Utensilien für Special Effects aufzutreiben, mieteten eine 16mm-Kamera, kauften einige Rollen Negativfilm und fingen schließlich an zu drehen.

In den Innenräumen, öffentlichen Gebäuden und auf Plätzen drehten wir, solange es die Bewohner oder Wachhabenden mit uns aushielten. Auf den Straßen, den größten Locations, arbeiteten wir ohne Dreherlaubnis nach dem Prinzip „Hit and Run". Die Kamera hielten wir in vielen Szenen versteckt und bauten auf die spontane Reaktion von Passanten.

Wir begannen an den Wochenenden kurz vor Sonnenaufgang, was in den Sommermonaten etwa 5:30 Uhr bedeutete.

Samstags drehten wir meist die Autoverfolgungsjagden und hörten gegen neun Uhr auf, sobald der Strom der Einkäufer auf den Straßen zunahm.

Sonntags gaben wir uns ein wenig mehr Zeit, auch in der Szene, in der wir das – ungeladene – Jagdgewehr mit Zielfernrohr meines Großvaters in der finalen Szene einsetzten. Wir haben hier und in einer anderen Szene übrigens die erstaunliche Erfahrung gemacht, wie leicht es war, mit echten Waffen, auch Pistolen, in der Hand unbehelligt durch die Stadt zu laufen. Es scherte niemanden.

Wir zahlten Unsummen an Lehrgeld – künstlerisch, nervlich, vor allem finanziell. Wir filmten quasi drauf los, wie ein paar wild gewordene Grünschnäbel, die keinen Schmerz kannten.

Ich hatte alles sauber im Drehbuch festgelegt, nichts musste improvisiert werden, und es gab einen exakten

Drehplan, der über mehrere Wochen genau festlegte, wer wann wo zu sein hatte, welche Requisiten und Locations wann benötigt wurden.

Nach dem letzten Drehtag standen wir jedoch mit Unmengen von belichtetem Filmmaterial da und mussten uns erst mal kundig machen, auf welche Weise wir es nun zu einem fertigen Film zusammenfügen konnten.

Unser Kameramann, ein alter Hase auf dem Gebiet der Multivision, hatte bis dahin nur Super 8 Filme gedreht, die ja meist als Umkehrfilm direkt entwickelt und dann geschnitten werden konnten.

Bei unserem Negativ-Material stellte sich nun aber heraus, dass man davon erst einmal Kontaktkopien anfertigen lassen musste, nach deren Schnitt dann im Kopierwerk der Negativschnitt erfolgte, was schließlich zur Nullkopie führte, die nach der Lichtbestimmung um eine finale Vorführkopie ergänzt wurde.

Wir hatten vor Beginn des Projektes mit Gesamtkosten von etwa 1.000 D-Mark gerechnet, durch drei Beteiligte machte das leicht aufbringbare 350 Mark für jeden. Nun sahen wir plötzlich einen gewaltigen Kostenberg vor uns entstehen – etwa die zehnfache Summe.

Eines der arrivierten Kopierwerke, Geyer oder Bavaria, konnten wir uns unmöglich leisten. Also suchten wir günstige Alternativen.

Ein eher unbekanntes Kopierwerk in München, unter griechischer Führung, bot seine Dienste in dem von uns beherrschbaren Preissegment an. Einer meiner beiden Kollegen, Elliot, fuhr mit den ganzen Filmrollen zu dem vereinbarten Termin – und kam abends mit dem gesamten Material wieder zurück.

„Zum Glück haben wir die Negative nicht mit der Post dorthin geschickt", war das Erste, was wir von ihm zu hören bekamen.

„Ich habe durch Zufall auf dem Weg durch das Gebäude einen Blick in die Labors werfen können: Überall stand Entwicklerflüssigkeit am Boden, in großen Lachen. Und die rauchenden, unmotiviert wirkenden Mitarbeiter an den Kopierstraßen machten keinen sehr vertrauenswürdigen Eindruck. Da hielt ich es für besser, unser Material wieder mitzunehmen, bevor es dort für immer kaputtgemacht wird."

Das war nur die erste von vielen Hürden, die wir bis zur Fertigstellung unseres Filmes nehmen mussten. Wir fanden ein anderes Kopierwerk, das wir uns gerade noch leisten konnten. Dieses schlampte dann allerdings bei der Lichtbestimmung und im Negativschnitt, was nach Fertigstellung des Filmes noch zu einem wochenlangen Streit um Preisnachlässe und Nachbesserungen führte.

Auch an anderen Punkten mussten wir weitere Leute und Firmen, wie Cutterin, Schnittstudio, Tonstudio und

Plattenlabels für unser Projekt begeistern. Zum kleinstmöglichen Salär.

Am Schluss, nicht nach etwa sechs Wochen, wie ursprünglich geplant, sondern nach zehn Monaten, waren wir um 10.000 D-Mark ärmer aber um viele Erfahrungen reicher. Festivalerfolge und Zustimmung von vielen Seiten bestätigten uns darin, dass wir ein lohnendes Wagnis eingegangen waren und uns auf dem richtigen Weg befanden.

Das Problem bei einem ambitionierten Filmprojekt ist, dass es sich wie eine Lawine verhält, die, sobald sie einmal ausgelöst wurde, nicht mehr zu stoppen ist.

Man fängt mit einer Idee an, die einen begeistert, glaubt, sie mit relativ einfachen Mitteln und in einem überschaubaren Zeitrahmen umsetzen zu können und findet sich irgendwann, wenn das Projekt noch nicht mal den Scheitelpunkt erreicht hat, in einem Inferno explodierender Kosten und ausufernder Arbeitszeiten wieder.

An diesem Punkt würde man am liebsten „Stopp!" brüllen.

Aber es bringt nichts.

Man kann natürlich alles aufgeben und in den Gully kippen, was man bis dahin erarbeitet hat.

Oder man muss neue Geldmittel auftreiben, verzagte und erschöpfte, meist unbezahlte Mitarbeiter neu motivieren und vor allem sich selbst immer wieder einreden, dass aus diesen unzähligen Bruchstücken am Schluss etwas wird, das vor vollkommen fremden Augen und Ohren seine gesamte Existenz rechtfertigen kann.

54

Man muss die Sache um jeden Preis zu Ende bringen.

The Big Picture

Trotz dieser ambivalenten Erfahrungen haben wir Feuer gefangen und gründeten unsere erste Filmproduktionsfirma. Wir, das waren Elliot, ein weiterer Schulfreund und ich. Mit zwei alten Schreibtischen und einem Atari-Computer zogen wir ins Untergeschoss von Elliots elterlichem Haus ein, um unseren ersten Spielfilm zu produzieren.

Nun wollten wir endlich das große Thema anpacken, nach all den Irrläufern, Rohrkrepierern und Übungsstücken. Jetzt galt es, ohne wenn und aber. Die Idee hatten wir bereits in unseren Köpfen, jetzt musste sie nur noch in der korrekten Struktur, Dramaturgie und Form aufs Papier gebracht werden.

Wir wollten einen Science Fiction machen. Kein Weltraumabenteuer, vielmehr eine packende Geschichte, die auf der Erde spielt und davon handelt, dass wir Menschen, ohne es zu wissen, nur Nutztiere für eine gewaltige, menschenähnliche Macht darstellen, die tief unter der Erdoberfläche lebt. Unser Held kommt dieser ungeheuerlichen Konstellation durch Zufall auf die Schliche, was zu einer aktionsreichen Auseinandersetzung zwischen Ober- und Unterwelt führt.

Manch einer wird sich nun sofort an *The Matrix* erinnert fühlen. Aber dieser Film kam erst 1999 in die Kinos. Wir suchten das Glück mit unserer Geschichte bereits im Jahr 1987 – offenbar mehr als ein Jahrzehnt zu früh.

Ich kann gleich vorwegnehmen, dass wir mit diesem Stoff tatsächlich unserer Zeit voraus waren und bei allen möglichen Produzenten und Filmförderinstitutionen, die es sich offenbar auf die Fahne geschrieben hatten, so lange wie möglich an verstaubten Motiven festzuhalten, auf Ablehnung stießen.

Auch wenn es einige deutsche Kritiker heute lieber ungeschehen machen und aus dem kollektiven Gedächtnis löschen würden: Sie haben den späteren Erfolgsregisseur Roland Emmerich damals auch nach allen Regeln der schreibenden Zunft verrissen, ihn als Epigonen und „Spielbergle von Sindelfingen" hingestellt.

Heute schlagen sie sich um einen Interviewtermin mit ihm. Nach internationalen Erfolgen wie *Independence Day, Day After Tomorrow* und *2012*. Nachdem klar geworden ist, dass er mit seinen Stoffen anhaltenden Erfolg hat, und eine große, weltumspannende Publikumsmasse effektiv anzusprechen weiß.

Die oft von uns selbst und von Freunden gestellte Frage lautet aber: Warum haben wir es nicht fertig gebracht, uns über diese Widerstände, über die alten Konventionen hinwegzusetzen und einfach unser Ding durchzuziehen?

Es gibt doch Meinungen, die besagen, dass das Gute, der Talentierte sich gegen alle Widerstände am Ende durchsetzen wird. Happy End.

Für mich steht ebenfalls fest, dass nur die Guten gewinnen und am Schluss das Mädchen kriegen sollen. Und ich bin der Überzeugung: Wir waren gar nicht mal so schlecht für den Anfang. Jeder wächst mit seinen Projekten!

Viel entscheidender auf dem Weg nach oben sind aber die nötigen Kontakte. Leute, die etwas zu sagen haben und die an einen glauben; die einen an jemanden weiterempfehlen, der einen wieder weiterempfiehlt, und so weiter, bis man schließlich an den Richtigen geraten ist.

Roland Emmerich hatte durch ein wohlhabendes Elternhaus das Glück, finanziell unabhängig zu sein; dies verschaffte ihm einen ganz gewaltigen Produktionsvorteil. Er konnte seine Ideen umsetzen, ohne große Kompromisse eingehen zu müssen. Außerdem stand sein Vater, ein erfolgreicher Unternehmer, mit einer beträchtlichen Bürgschaft für die Gesamtfinanzierung des Erstlings *Das Arche Noah Prinzip* gerade. Und der Wunderknabe kam aus dem Umfeld der Münchner Hochschule für Fernsehen und Film, damals Deutschlands bestes Sprungbrett für begabte Regisseure.

Eine Filmhochschule: In erster Linie eine Kontaktbörse von fast unschätzbarem Wert fürs spätere Berufsleben, wie ich heute weiß.

Wir Namen- und Mittellosen reichten unser Drehbuch für den großen Erstling unter anderem beim BMI ein, der Filmfördereinrichtung des Bundesinnenministeriums, die damals die größten Fördersummen ausschüttete.

Artig füllten wir die Formulare aus und lieferten die geforderten Informationen über Besetzung, Stab und Finanzierung. Wir taten all dies in dem guten Glauben an ein faires Auswahlverfahren.

Ich kann mich noch heute genau daran erinnern, wie wir eine ganze Nacht durch die finale Version des Drehbuchs, 111 Seiten, in 20 Exemplaren vervielfältigten; in einem Architekturbüro, das uns freundlicherweise den Kopierer und die Ringbindeeinrichtung überlassen hat. Wir schafften es gerade noch rechtzeitig zum entscheidenden Einreichtermin, das schwere Paket zur Post zu bringen.

Ein paar Monate später erhielten wir es zurück – die Ablehnung hatten wir schon wenige Wochen nach der Einreichung erhalten – und wir machten eine schockierende Entdeckung: Keines der 20 Exemplare war von der Förderkommission gelesen worden!

Wir hätten es gesehen, wenn sie jemand in die Hand genommen hätte, denn wir hatten einen Hochglanzeinband gewählt, auf dem jeder Fingerabdruck deutlich sichtbar geworden wäre.

Unsere Vermutung: Hier waren offenbar Steuergelder in großem Maße unnachvollziehbar verteilt worden. Ein von staatlicher Seite eingesetztes Gremium war nicht seiner Pflicht nachgekommen, in einem fairen Auswahlverfahren allen Bewerbern die gleiche Chance zu geben. Wahrscheinlich standen die Empfänger der Zuwendungen bereits vor der Sitzung des Fördergremiums fest – die alten Triefnasen des Neuen Deutschen Films, die wie selbstverständlich mal wieder die Hand aufhielten. Anders konnten wir uns das nicht erklären.

Wäre das Gremium nach dem Lesen unseres Drehbuchs zu dem Schluss gekommen, dass der Stoff nicht in die Programmatik der Fördereinrichtung passt, es wäre zwar bitter jedoch akzeptabel für uns gewesen. Aber auf diese Weise zu verlieren, das verkrafteten wir erst einmal nicht.

Ich höre schon die Stimmen, die sagen: „Ist doch klar, dass es in der Politik und ähnlichen Institutionen so läuft, welchen Illusionen gibst *du* dich denn hin? Was also soll das Lamento?"

Okay, okay – ich gebe klein bei und akzeptiere die Dinge wie sie sind. „Never try to change the system", lautet bis heute der Wahlspruch eines Kollegen. Brav unterordnen und akkurat die vorgegebenen Pfade beschreiten. Vielleicht wie im Sozialismus, in einer staatlich zugeordneten Rolle? Oder wie die Hauptfigur aus George Lucas' erstem Spielfilm *THX 1138* – eine Existenz auf eine Abfolge von Buchstaben und Nummern reduziert?

Nach einem Jahr in unserem Büro, nach unzähligen erfolglosen Kontakten zu Geldgebern, nachdem der gesamte Film in einem Storyboard quasi bereits zum Leben erwacht war, das Setdesign festgelegt und eine Produktionshalle gefunden war, Schauspieler, Kameraleute, Filmmusiker für die Produktion zugesagt hatten, der lokale Fernsehsender eine Koproduktion versprochen, nach den Ablehnungen der Filmförderung aber wieder abgesagt hatte – nach einem Jahr Development beschlossen wir, das Projekt aufzugeben.

Wir lösten unsere Firma auf, und ich wandte mich erst einmal wieder meinem, bis dahin schändlich vernachlässigten, Animationsfilm-Studium an der Kunstakademie zu, in der Hoffnung, hier möglichst schnell die dringend benötigten Erfolgserlebnisse zu haben.

Der dritte Mann im Bunde suchte sich wieder einen soliden Job und war fortan für das Filmbiz verloren.

Apropos Filmbiz: Ich möchte doch noch einen kleinen Nachschlag zum Thema „Gnade des wohlhabenden Elternhauses" anbieten.

Florian Henckel von Donnersmarck, der Regisseur des bewegenden, mit Preisen überhäuften und Oscar-gekrönten Films *Das Leben der Anderen*, stammt aus einer Adelsfamilie, deren Stammbaum sich bis ins 14. Jahrhundert zurückverfolgen lässt.

Nach seinem Aufsehen erregenden Erstling aus dem Jahr 2006 wartete vor allem das deutsche Feuilleton gebannt auf sein nächstes Werk. Und es wartete. Und wartete. Fast vier lange Jahre lang.

Umsonst.

Man wähnte den Meister in einer Berliner Hinterhauswohnung, intensiv und voller Selbstaufopferung vor sich hin brütend, über seinem nächsten, geschichtsträchtigen Werk. Stattdessen reüssierte er plötzlich mit dem eher leichtfüßigen und oberflächlichen Hollywoodfilm *The Tourist*, immerhin ausgestattet mit einem stolzen Budget von 100 Millionen Dollar und jeder Menge internationaler Stars.

Wie lässt sich so ein gewaltiger Sprung vollführen, wie überhaupt ein solch erfolgreicher Einstieg schaffen?

Als Regisseur muss man das Unternehmer-Gen haben. Man muss ein Feldherr sein, mit dem unbändigen Willen, auf einem Hügel zu stehen und ohne Gnade, nur mit wenigen präzisen Anweisungen, die Truppen in der Talsenke durch die verlustreiche Schlacht zu führen.

So ein Feldherr braucht eine Waffe von unschätzbarer Durchschlagskraft, wenn es gilt, sich im Kreise der Schaumschläger, Wichtigtuer und Aufschneider zu behaupten, welche die Film- und Fernsehbranche beherrschen: Selbstbewusstsein.

Die Legende vom Aufstieg eines erfolgreichen Regisseurs aus der Gosse, sie wird vor allem von jenen gebildet, denen ihr Erfolg eher verklärungsbedürftig erscheint, weil sie aus einem gut situierten Elternhaus stammen, in dem es an nichts fehlte.

Wenn man wirklich aus dem Nichts kommt, bedeutet es, dass man zumindest erst einmal den fast aussichtslosen Versuch unternehmen kann, vorhandene Seilschaften zu durchdringen und Klüngel zu infiltrieren.

Diese haben all die Macht unter sich aufgeteilt, Posten vergeben und vorhandenes Geld untereinander verteilt. Staatliche Gelder, oft in beträchtlichen Größenordnungen, aber auch private Summen, die auf irgendeine Art in erfolgversprechende, steueroptimierende und Profit abwerfende Projekte investiert werden wollen.

Um sich diesen Seilschaften anzuschließen, um ein Teil der fest verzahnten Klüngel werden zu können, muss man eine gewisse Portion an Skrupellosigkeit mitbringen, im Endeffekt über Leichen gehen können.

Oder man muss eine beharrliche Nervensäge sein, die den Leuten so lange auf den Senkel geht, bis sie einem die Tür öffnen, damit endlich Ruhe einkehrt.

George Lucas, der sich mit seinen *Star Wars* Filmen heute zu den erfolgreichsten Filmemachern zählen kann, war so ein Kandidat, mit dem erst einmal niemand spielen wollte.

Sein Glück war es, während des Studiums in einen Verbund von Filmemachern gelangt zu sein, die sich in den folgenden Jahren immer wieder über den Weg liefen und sich gegenseitig unterstützten.

Lucas war ein verschrobener Kerl aus gutem Hause, der eigentlich Rennfahrer werden wollte und nicht mit diesem Kunstanspruch an das Thema Film heranging, wie wir es zum Beispiel taten. Er war aus meiner Sicht eine Nervensäge, die sich langsam, aber beharrlich ihren Weg frei schnitt.

Er hatte auch das Glück, dass es das amerikanische Studiosystem gab. Dieses lag zwar seiner filmischen Philosophie diametral entgegen, aber es gab Newcomern immerhin die Möglichkeit, in den Studiobetrieb hineinzuschnuppern und dort weitere wichtige Kontakte zu knüpfen.

Bei einem dieser Schnupperkurse lernte er Francis Ford Coppola kennen, der damals bereits einigermaßen etabliert war. Diesen konnte er von seiner Filmidee für *THX 1138* begeistern. Zusammen trieben sie kleinere Geldsummen auf, die von großen Studios damals testweise für unabhängige Filmprojekte bereitgestellt wurden.

Zwar war die Produktion dieses Filmes bei weitem kein Zuckerschlecken und hätte am Schluss sogar das endgültige Aus der Filmkarriere von Herrn Lucas bedeuten können. Aber es war ein guter Ausgangspunkt, den er für seine zukünftigen Erfolge sinnvoll nutzen konnte. Hätte er Francis Ford Coppola nicht kennen gelernt, hätte er sich wahrscheinlich sehr bald einen anderen Job suchen müssen.

Dies zeigt aus meiner Sicht ganz gut, dass zu einer Karriere, aber auch zu einem erfüllten Leben, Talent und Aufrichtigkeit alleine oft nicht ausreichen.

Man muss Glück haben und, so abgedroschen das klingen mag, zur richtigen Zeit auf die richtigen Leute treffen. Nicht wenigen Goldkindern öffnet auch ihre Herkunft die Tür zum Erfolg.

Die Lehrjahre nach den Lehrjahren

Elliot beschloss nach einiger Zeit der Orientierungslosigkeit, sich an der Wiener Filmakademie unter Axel Corti zu bewerben. Zu diesem Zweck musste er einen Kurzfilm einreichen, der eine Thematik verarbeitete, die wir bis dahin nicht im Programm hatten:

„Die betrogene Ehefrau schlägt zurück!"

Ich hatte mich gerade mit Hochdruck an meine Semesterarbeit gemacht, als mich spät abends ein Anruf erreichte:

„Wir drehen wieder einen Film! Ich bezahle. Zwar machen wir nur einen weiteren beknackten Kurzfilm, aber immerhin – wir werden drehen! Nicht nur dasitzen und lamentieren."

Das musste er mir nicht zweimal sagen, denn das Filmset an sich übte auf mich nach wie vor eine magische Anziehung aus.

Außerdem steckte ich zu diesem Zeitpunkt mit meinem Trickfilmprojekt bereits in einer neuen Krise: Nach Wochen intensiver Arbeit musste ich erkennen, dass man täglich nur etwa ein bis zwei Sekunden Film zeichnen und animieren kann. Wenn man das auf einen Film von etwa acht bis zehn Minuten hochrechnet, kann man sich vorstellen, wie lange man brauchen wird, um zum Ziel zu gelangen. Darüber hinaus ist es ein sehr, sehr einsamer Job, den man da über dem Leuchttisch macht.

Billy Wilder, Großmeister der Komödie, Regisseur von filmischen Meilensteinen wie *Some Like it Hot, The Appartement* oder *One, Two Three,* fing ja als sehr gefragter Drehbuchautor an und wechselte erst dann ins Regiefach. In einem Interview mit Cameron Crowe sagte er später: „Wenn ich schrieb, hätte ich gern inszeniert. Wenn ich inszenierte, hätte ich gern geschrieben.

Wenn ich schrieb, wünschte ich mir, ich wäre im Studio und hätte es mit lebenden Menschen zu tun, die ich nicht erfinden musste. Ich kann sie besser platzieren, ich kann sie ein wenig eleganter erscheinen lassen, richtig? Wenn ich inszenierte, wünschte ich mir, ich wäre allein mit Diamond *[seinem langjährigen Koautoren]* in meinem Zimmer. Es ist ruhig, angenehm, niemand macht einem Druck."

Mir würde es die folgenden Jahre, eigentlich bis heute, ähnlich ergehen. Das gerade laufende Projekt saugt einen immer aus. Man geht kräftemäßig bis an seine Grenzen und verpulvert seine gesamte Kreativität für das aktuelle Werk.

Für das nachfolgende Projekt gleicher Art stehen erst mal keine Ressourcen zur Verfügung, also sucht man sich ein angrenzendes Feld, um es mit ganz anderen Methoden und neuem Werkzeug zu bewirtschaften. Aus meiner Sicht sollte man eine Monokultur vermeiden; nur so lässt sich über viele Jahre hinweg die Fruchtbarkeit des Landes bewahren und systematisches Aussaugen von Mineralien und Nährstoffen vermeiden.

Dass diese Methode zu meinem System werden würde, wusste ich zu diesem Zeitpunkt noch nicht; ich handelte eher instinktiv, zögerte nicht lange und gab Elliot meine Zusage. Wir verbrachten, wie kurz nach der Schulzeit, wieder gemeinsame Tage und Nächte mit viel Bier, Zigaretten und Fast Food und ließen unserer Fantasie freien Lauf.

Ich würde die 16mm-Kamera nun selbst führen und war deshalb vor allem auf interessante Motive aus, während mein Freund die Geschichte, die in erster Linie ein Kammerspiel war, immer mehr verdichtete.

Wir erkundeten Drehorte, holten Schauspieler, weitere Mitarbeiter und Dienstleister ins Boot, fertigten eine Vielzahl an Requisiten und Ausstattungs-Accessoires an, mieteten Kamera, Dolly, Ton-Equipment und jede Menge Licht, kauften Filmmaterial – dann begannen wir zu drehen.

Wir hatten, wie bei unserem ersten Kurzfilm, 10.000 D-Mark zur Verfügung, diesmal aber von Anfang an. Der Betrag ging hauptsächlich für Filmmaterial, Kopierwerk, Kamera, Ton-Equipment, Lampen und Requisiten drauf. Alle Beteiligten arbeiteten wieder umsonst, als Entlohnung war nicht mehr als eine warme Mahlzeit pro Drehtag drin. Das Geld stammte zu einem kleinen Teil von Elliots Eltern, der größte Batzen wurde aber durch den Verkauf seines Motorrads und hochwertiger Hifi-Komponenten erbracht.

Nach einem Jahr im Kampf ums große Geld, in dem wir ausschließlich schrieben, konzipierten und planten, fanden wir mit diesem Projekt wieder zur Praxis zurück.

Unser zweiter Kurzfilm wurde gut, Elliot mit Handkuss und Kniefall an der Wiener Filmakademie angenommen. Aber ab diesem Zeitpunkt erfolgte unser Meinungsaustausch immer sporadischer. Auch in der Themenwahl drifteten wir weiter und weiter auseinander.

Wenn wir uns alle paar Monate kurz sahen, gab es kaum noch etwas, worüber wir gemeinsam schwärmen konnten. Ich hielt an unseren ursprünglichen Vorbildern fest, mein Freund interessierte sich ab jetzt nur noch für Stoffe, die sich um Schuld und Sühne, hauptsächlich von Soldaten oder Befehlshabern im Dritten Reich, drehten.

Später entwickelte er Stoffe, in denen er auf sehr eindringliche Art eine mögliche Verwicklung von katholischer Kirche mit Mafia oder IRA schilderte.

Recht heiße Eisen fasste er da mit seinen Geschichten an, für meine Verhältnisse eindeutig einige Nummern zu groß für einen Newcomer.

Aus heutiger Sicht sind das Themen, die für den Auslands-Oscar wie geschaffen und sogar in der deutschen Filmlandschaft ohne weiteres vorstellbar und finanzierbar sind. Aber Ende der 1980er, Anfang der 1990er waren sie in Deutschland definitiv nicht angesagt, also auch nicht finanzierbar. Und leider geht es immer primär ums Geld, wenn man sich an ein neues Filmprojekt setzt.

In Hollywood gab es zu dieser Zeit immerhin ein anhaltend kleines Interesse an *Worldwar II* Stoffen, auch wenn sie nach einem Hoch in den 1970ern und Anfang 1980ern erst wieder mit *Saving Privat Ryan* von Spielberg 1998 so richtig interessant wurden. Genau dieses Grundinteresse führte uns ja, wie bereits beschrieben, 1991 zum ersten Mal nach Hollywood und ins *Magic Hotel*.

Die Geschichten und Charaktere, die Elliot entwarf, waren allesamt gut. Wenn man sich auf die Thematik einließ, so wurde man durch ein Mahlwerk aus Krieg, Einzelschicksal, Selbstzweifel, Gehorsam, Schatten der Vergangenheit und ungewolltem sowie gewolltem Heldentum getrieben.

„Meine Filme sollen vor allem differenzieren: Zwar haben Deutsche die schlimmsten Kriegsverbrechen begangen, die die Geschichte kennt, doch jede Tat ist, besonders in Kriegszeiten, auch immer das Schicksal einzelner. Nicht alle Deutsche waren ‚Nazis‘, nicht alle Amerikaner waren ‚gut‘; auch Deutsche gab es, die nichts für ihre Verblendung konnten, auch amerikanische

Kriegsverbrechen gab es – wenige, aber es gab sie." Soweit ein Auszug aus dem Vorwort eines seiner Drehbücher.

Es waren provokante Stoffe, damals aus der Sicht vieler an der Grenze zur Glorifizierung von Soldatentum und einzelner Figuren im Machtnetzwerk der Nazis. Aus heutiger Sicht, nach Filmen wie *Der Unhold*, *Mein Führer*, *Der Untergang, Das Leben ist schön* oder *Inglourious Basterds* keineswegs mehr so unspielbar.

Wieder war Elliot mit seinen Ideen seiner Zeit deutlich voraus. Regisseure sollten Visionäre sein, aber auch ich stimmte damals in die Kritik vieler ein: Zu provokant für den Weltmarkt, zu unverfilmbar in Deutschland und vor allem zu teuer in der Umsetzung.

Ich entwickelte eine richtiggehende Abneigung gegen all seine Filmthemen. Ich entwickelte aber vor allem eine Abneigung gegen den Alkoholismus, der meinen Freund immer mehr im Griff hatte.

Aber er konnte ihn perfekt verteidigen: „Weißt du, bei uns, in der Mensa der Filmhochschule, da verschimmeln die Fruchtsäfte in der Vitrine, weil alle zum Bier greifen. Wir sind Künstler, Utopisten, Existentialisten. Wir halten der Welt den Spiegel vor. Das gehört dazu."

Jahre später, nach seiner zweiten Entziehungskur, in einer kurzen Phase, in der er selbstkritisch auf seine Vergangenheit blickte, erzählte er mir von einem chaotischen

Filmdreh in Österreich, bei dem er wenige Wochen zuvor als Regieassistent mitgeholfen hatte.

„Du glaubst nicht, wie mich dieser Alkohol, diese Schnapsleichen mittlerweile anwidern. Sie haben einem ehemaligen Studienkollegen das ganze Filmprojekt ruiniert. An vielen Tagen konnten wir nur wenige Stunden einigermaßen produktiv arbeiten, weil die Darsteller so besoffen waren, dass sie sich keine Zeile Text merken konnten.

An einem Morgen mussten wir mit dem Hauptdarsteller überstürzt das Hotel verlassen. Er hatte im Suff über Nacht das ganze Bett vollgeschissen, und der Regisseur musste dem Hotel die Matratzen, Decken und das Bettzeug ersetzen.“

Kurze Pause, gleich geht's weiter. Nach einer kleinen Rückblende auf die unschuldigen Anfänge. Den Abenden, als die ersten Ideen nur so aus dem Kopf sprudelten und Zitate* kollidierten.

Die fiktive Ausgangssituation: Bäckerei – Innen / Tag

Ein Mann betritt den Laden.

MANN #1: „Mein Name ist Lohse, ich kaufe hier ein."

VERKÄUFER: „Wie geht's dir?"

MANN #1: „Prächtig, die Sonne scheint mir aus dem Arsch!"

VERKÄUFER: „Oh, behave!"

MANN #1: „Ich erblickte das Licht der Welt in Form einer 60-Watt-Glühbirne."

VERKÄUFER: „Righty-right."

MANN #1: „Meine Mama hat immer gesagt, das Leben ist wie eine Schachtel Pralinen. Man weiß nie, was man kriegt."

VERKÄUFER (zu sich): „Ich mache ihm ein Angebot, das er nicht ablehnen kann."

MANN #2 (mischt sich ein):
„You smell that? Do you smell that?"

FRAU (aufgebracht): „Soylent Green ist Menschen-
fleisch!"

MANN #1 (zum Verkäufer): „Du bist wirklich zum Kot-
zen!"

VERKÄUFER (lacht): „Frankly, my dear, I don't give a
damn."

MANN #3 (zieht plötzlich ein Messer):
„We get the warhead and we hold the world ransom
for... ONE MILLION DOLLARS! "

MANN #2: „Das nennst du ein Messer? DAS ist ein Messer."

MANN #3: „Du kommst mir irgendwie bekannt vor, hab
ich dich schon mal bedroht?"

MANN #1 (geht dazwischen): „Einer für alle - alle für
einen!"

MANN #3: „Geh mir aus dem Weg! Du verbrauchst meinen Sauerstoff."
(schiebt den Mann beiseite und bedroht den Verkäufer)

VERKÄUFER: „Erwarten Sie von mir, dass ich rede?"

MANN #3: „Nein, Mr. Bond. Ich erwarte von Ihnen, dass
Sie sterben!"

VERKÄUFER (flehend): „Es heißt, wer nur ein Men-
schenleben rettet, rettet die ganze Welt."

MANN #3: „Ein alter Mann stirbt. Ein junges Mädchen
lebt. Fairer Tausch."

VERKÄUFER (feixend): „Kann es sein, dass Weibsvolk anwesend ist?"

FRAU: „Männer und Frauen können nie Freunde sein. Der Sex kommt ihnen immer wieder dazwischen."

MANN #1: „Dumm ist der, der Dummes tut."

VERKÄUFER (resigniert):
„Ich bin zu alt für diesen Scheiß!"

FRAU: „Well, nobody's perfect."

MANN #3 (zur Frau): „Ich schau Dir in die Augen, Kleines."

FRAU (abweisend): „Go ahead, make my day."

MANN #3: „Ein hübsches kleines Nichts, das Sie da beinahe anhaben."

FRAU: „Ich weiß nicht, wie man euch in Frankreich erzieht, aber unverschämt und interessant sind nicht dasselbe."

MANN #1: „Er spricht nicht viel, aber was er sagt, das meint er auch."

MANN #3: „Ich sage, was ich denke, und ich tue, was ich sage."

FRAU: „Try a little of this, you fucking bastard."
(sie verpasst ihm eine Ohrfeige)

MANN #3 (kleinlaut): „Wer bist du?"

FRAU: „Dein schlimmster Albtraum!"

Plötzlich eine LAUTSPRECHERDURCHSAGE:
„Attention! Engines will explode in 60 seconds!"

MANN #2 (begeistert):
„I love the smell of napalm in the morning."

MANN #1 (erschrocken): „Is it safe?"

FRAU (entsetzt): „Lauf Forrest, Lauf!"

MANN #1: „Hasta la vista, baby!"

VERKÄUFER: „Möge die Macht mit dir sein."

MANN #1 (flüchtet): „I´ll be back!"

MANN #3 (ruft ihm interher): „Ein Held bist du schon.
Du musst nur noch zur Legende werden."

MANN #1 (hält inne): „Und wie stelle ich das an?"

MANN #3: „Na ganz einfach: Du musst sterben."

MANN #1: „Scheeeeeeeeeeeeeeeeeeeiße!"

VERKÄUFER (zu sich): „Ich hab mir 'n Scheißtag ausge-
sucht, um mit dem Saufen aufzuhören."

FRAU (erschrocken): „He's dead, Jim."

MANN #2: „Houston, wir haben ein Problem!"

FRAU: „Wenn ihr kleinen Gangster euch trefft, ist das
schlimmer als ein Nähkränzchen."

MANN #3 (entschuldigend):
„Wir sind im Auftrag des Herrn unterwegs.“

FRAU: „Versuchen Sie, irgendeine Art merkwürdigen
Humor zu entwickeln, oder hör ich schlecht?“

MANN #2 (stolz zu Mann #3): „Wir sind im Nazis-
Töten-Geschäft, und das Geschäft, mein Freund, das
brummt.“

MANN #3: „Gentlemen, you can't fight in here! This is
the War Room!“

VERKÄUFER (energisch): „ All right, honey. Shut up! “
(er greift nach dem Telefon): „Nach Hause telefonieren.“

STIMME (am anderen Ende): „Here’s Johnny!“

VERKÄUFER: „Yippie-Ay-Yeah, Schweinebacke!“

TELEFONSTIMME: „You talkin' to me?
You talkin' to me?“

MANN #3 (reißt ihm den Hörer aus der Hand):
„Mein Name ist Bond, James Bond.“

TELEFONSTIMME: „Ich bin der König der Welt!“

MANN #3 (nachdrücklich): „Luke, ich bin dein Vater!“

TELEFONSTIMME: „Es kann nur einen geben!“

MANN #3 (wütend): „You’ll burn for this, Angel.“

TELEFONSTIMME: „I know. In hell.“ (legt auf)

MANN #3 (entnervt zum Verkäufer):
"Wodka Martini, geschüttelt, nicht gerührt!"

VERKÄUFER (nachdenklich): „Ist dir aufgefallen, wie viele Leute aus unserer Zeit tot sind?"

MANN #2 (apathisch): „I see dead people."

MANN #3: „Dies wäre ein hervorragender Zeitpunkt zum Lügen gewesen, doch Aufrichtigkeit ist eine schlimme Angewohnheit."

FRAU: „Einen Mann kann man belügen, man muss sogar, aber drei Männer zusammen sind immerhin so gescheit wie eine Frau."

MANN #1 (mit seinem letzten Atemzug): „Rosebud."

* *Pappa ante Portas* traf in dieser Reihenfolge: *From Dusk Till Dawn, Austin Powers, Die Blechtrommel, A Clockwork Orange, Forrest Gump, Der Pate, Apocalypse Now, Soylent Green, Außer Atem, Gone With The Wind, Austin Powers: International Man of Mystery, Crocodile Dundee, Fluch der Karibik, Die drei Musketiere, Einer flog übers Kuckucksnest, Goldfinger, Schindlers Liste, Sin City, Das Leben des Brian, Harry und Sally, Forrest Gump, Lethal Weapon, Some like it hot, Casablanca, Sudden Impact, Diamantenfieber, French Kiss, Denn sie wissen nicht, was sie tun, Heat, Alien, Rambo 3, Alien, Apocalypse Now, Marathon Man, Forrest Gump, Terminator 2, Krieg der Sterne, Terminator 2, Mein Name ist Nobody, Zwei Banditen, Independence Day, Star Trek, Apollo 13, Pulp Fiction, Blues Brothers, Indiana Jones und der Tempel des Todes, Inglorious Basterds, Dr. Strangelove or: How I Learned to Stop Worrying and Love the Bomb, Cat on a Hot Tin Roof, E. T. - Der Außerirdische, The Shining, Stirb Langsam, Taxi Driver, James Bond, Titanic, Das Imperium schlägt zurück, Highlander, Angel Heart, James Bond, Space Cowboys, The Sixth Sense, Don Juan DeMarco, Die drei von der Tankstelle, Citizen Kane*

Panzerschlacht – Die Entscheidung

Wenn ich getrunken habe, was nur abends geschieht, werde ich ruhig und ziehe mich in meine eigene Welt zurück. Die meisten Menschen werden übermütig und mitteilsam. So wie Elliot. In dieser besagten Nacht, nach dem wiederholten Anruf, wurde er für mich zum Staatsfeind Nummer 1, und ich beschloss, ihm endgültig die Freundschaft zu kündigen.

Über die Jahre hinweg hatte ich all die Beziehungsgeschichten verfolgt, in denen sich Pärchen eigentlich auseinander gelebt, den anderen schon lange mit einem dritten oder vierten betrogen haben. Eine harmlose Bemerkung genügte, um einen vernichtenden Streit vom Zaun zu brechen, in dem man sich mehrfach fast die Schädel eingeschlagen hätte. Und doch hingen sie, für alle nicht nachvollziehbar, immer noch Monate zusammen, obwohl die Trennung in den Köpfen längst vollzogen war.

Einem alten Freund aber die Freundschaft zu kündigen, das kommt einer Exekution gleich. Es zu tun, ist befreiend und unerträglich zugleich.

Wir kannten uns bereits von der Schule, hatten gemeinsam die gleiche Entwicklung durchgemacht, die gleichen Träume und ähnliche Enttäuschungen durchlebt, beschlossen, unsere sich ergänzenden Talente zusammenzulegen und das nahezu Unmögliche zu versuchen, nämlich den großen Film zu machen, ein Werk, das die Welt nie wieder vergessen würde.

Über Monate haben wir gemeinsam an Drehbüchern gearbeitet, die Nächte durchgezecht, um auch noch das letzte Quäntchen Inspiration aus dem restlos ausgesaugten Hirn zu fischen, das letzte Geld zusammen gekratzt, um gemeinsam in Hollywood unseren Stoff an einen Produzenten zu bringen.

Und nun das.

Die Geschichte von Elliot ist eine gemeinsame Geschichte, also auch meine. Es ist die Geschichte meiner schmerzhaften Lossagung vom Filmbetrieb, der die Krallen aber noch Jahre nach meinem Ausstieg immer wieder unheilvoll nach mir ausstreckte, in Form dieses Menschen.

Wann war der Punkt gekommen, an dem ich mich entschloss umzukehren?

Warum gab ich Ideale auf, um zu überleben?

Für mich war Kunst auch immer mit Drogen verbunden. Egal welcher Härte. Und wenn es nur Unmengen von Kaffee, Zigaretten und Alkohol waren.

Untrennbar.

Bildende Künstler, Schreiber, Schauspieler, Musiker, die nicht rauchten, tranken oder diverse Narkotika konsumierten, gab es nicht.

Nun ja, es gab sie natürlich schon, sogar sehr viele. Aber diejenigen, die es nicht taten, oder nie getan haben, konnte ich nicht ernst nehmen. Intensive Kunst erfordert ein intensives Leben. Oberflächliche Kunst wird von glücklichen Leuten gemacht. Glückliche Leute leben gesund.

Das war für mich eine ganz klare Reihung.

Um aber Abgründiges zu beschreiben, das wirklich Schildernswerte, musst du bereit sein, unendlich lange und in seiner intensivsten Form selbst in den Abgrund zu schauen, mit deinen Figuren zu leiden bis dich der Wahnsinn fast für sich gewonnen hat.

Es ist die Kunst, irgendwann auch die Professionalität, bei der Erschaffung eines abgründigen Werkes jedes Mal den letzten Moment zu erwischen, an dem es zur Wahrung des eigenen körperlichen und seelischen Heils noch eine Rückkehr gibt.

Sicher, viele verpassen ihn und schießen rettungslos übers Ziel hinaus.

Ich kenne natürlich unzählige Schreiber, Regisseure, Maler und Musiker, die ein sehr normales, gesundes und beschauliches Leben führen. Sie schreiben, inszenieren, malen und komponieren schöne, gute, solide Sachen, die sich oft auch sehr gut verkaufen. Sie stellen gewissermaßen den Standard dar, der heute gefragt ist, oder der heute ausreicht, um von der Kunst auch leben zu können.

Das ist ja das Frappierende, dass es einem heute wirklich möglich ist, von seiner Kunst zu leben. Früher wurden Schöngeister in die kreative und berufliche Schizophrenie getrieben. Hölderlin musste sich als Hauslehrer verdingen, um über die Runden zu kommen. Goya war Hofmaler am spanischen Königshaus – bevor er sich befreite und dem Wahnsinn verfiel. Kafka arbeitete als kleiner Versicherungssachbearbeiter.

Heute kann die Kunst relativ frei atmen, und so bleibt auch ihren Schöpfern genug Luft zum Leben. Aber nur, weil ihre Werke Mode wurden, weil sich Yuppies dekorative Bilder zeitgenössischer Künstler für obszöne Summen in ihre Lofts hängen, weil die Musikindustrie trotz aller Lamentos ein Milliardengeschäft geworden ist, weil das Fernsehen international täglich mehrere Tausend Stunden Programm füllen muss und weil der Buchmarkt immer noch nicht seinen lange prophezeiten Tod gestorben ist.

In diesem Massengeschäft wollte ich mich nie bewegen. Meine Ansprüche sind weitaus höher, wenn auch immer kommerziell gelagert. Aber ich war lange Jahre wirklich bereit, dem Wahnsinn nächtelang ins Auge zu blicken, um meine Geschichten bestmöglich umzusetzen.

Es ist klar, dass dir auf diesem Trip irgendwann die Puste ausgeht. Wenn du den Zerfall nach und nach an dir beobachten kannst, dich nach den Exzessen immer weniger regenerierst und gleichzeitig das Ziel, nämlich der Durchbruch oder Erfolg, in immer weitere Ferne rückt, wie bei einem Traveling Zoom, auch „Vertigo-Zoom" genannt, nach der albtraumhaften Szene im Treppenhaus in Hitchcocks *Vertigo*. Dann kommst du ins Grübeln und besinnst dich zur Umkehr. Zumindest, wenn du zart besaitet bist. So wie ich.

Lange, nachdem ich meinen Entschluss gefasst hatte und nicht mehr auf die Anrufe meines alten Weggefährten reagierte, er es nach dem wiederholten Versuch, mich zurückzugewinnen irgendwann eingesehen hatte, dass ich mit den alten Zeiten nichts mehr am Hut hatte, gerade als ich nach den ausbleibenden Anrufen meine innere Ruhe zurück gewonnen hatte, da holte mich dieser alte Fluch ohne Vorwarnung und mit aller Wucht wieder ein.

Die Botschaft fand ich mehrere Tage danach. Nachdem sich das Seil abrupt gestrafft hatte.

„Lieber Freund, vergiss unsere Träume nicht
und halte durch. Du bist jetzt zurück in der Hölle."

Diese Botschaft befand sich in einer versiegelten Zigarrenkiste, die mir Elliot vor über zehn Jahren zum Geburtstag geschenkt hatte.

„Öffne sie erst, wenn du ganz unten bist, wenn du keinen Ausweg mehr siehst", mit diesen Worten hatte er sie mir damals wie einen Edelstein auf einem Samtkissen überreicht. Zum Glück war ich selbst vom Endpunkt noch weit genug entfernt, als ich das Siegel brach.

Er allerdings hatte seinen absoluten Endpunkt erreicht. Am anderen Ende des Seiles. Sein Genick war gebrochen, die Füße baumelten etwa eineinhalb Meter über dem Boden.

Obwohl es fast zwei Tage her war, dass er gesprungen war, pendelte sein Körper immer noch sanft hin und her, als ihn seine Mutter fand. Das Seil hatte sich fest unterhalb des Kiefers in den Hals gezogen, der Kopf neigte sich ganz leicht nach vorn. Hoch über ihm der kräftige Balken, der dieses Szenario fest im Griff hatte.

Gérard Depardieu

Genau dieser Balken hatte schon einmal eine entscheidende Rolle gespielt. In Elliots viel beachtetem und mit Preisen überhäuften Kurzfilm, an dem wir zusammen in diesen Räumen etwa zehn Jahre zuvor gearbeitet hatten; in dem Ferienhaus seiner Eltern in Österreich.

Der Film drehte sich um Vatikan und Mafia. Er erzählte den Mord an einem irischen Pater, ausgeführt durch einen älteren, dem Vatikan verbundenen Mann. In einer Schlüsselszene überkamen den Killer Zweifel, und er spielte mit dem Gedanken, seinem einsamen Leben an eben jenem Balken ein Ende zu bereiten.

Kirche und Killer? Die Wiesbadener Filmbewertungsstelle empörte sich über die Filmstory. In Japan kam diese verwegene Geschichte umso besser an, und das Werk wurde auf dem Tokio International Video Festival, einem der weltweit wichtigsten Kurzfilmfestivals, mit einem Preis geehrt. Schon interessierte sich ein Produzent für Elliot. Noch erstaunlicher: Der Produzent kam aus Deutschland, dem Land, in dem Elliots Drehbücher zuvor konsequent abgeschmettert worden sind. Er war tatsächlich bereit, eine Million D-Mark aus eigener Tasche in das Projekt zu stecken, was in diesem Metier recht unüblich ist.

Meist investiert der Produzent kein eigenes Geld in ein Filmvorhaben, sondern sucht lediglich nach Kooperationspartnern und weiteren Financiers, etwa TV-Sendern, und versucht, das Geld bei verschiedenen Filmförderungen oder -fonds zu besorgen.

In diesem Fall aber war der Knalleffekt durch den Festivalgewinn offenbar so groß, dass sich der Produzent einfach als Erster das Wunderkind sichern wollte.

Von den ersten 100.000 D-Mark, die er ins Rennen warf, konnten immerhin ein paar Leute für ein halbes Jahr ihre Miete bezahlen. Elliot verabschiedete sich etwa zur Halbzeit seines Studiums von der Wiener Filmakademie. Wie es schien, war er nun ein gemachter Mann.

Den Medienwirbel, den dieses anstehende Filmprojekt auslöste, beobachtete ich mit der gebotenen Distanz. Thema: „Euthanasie im Dritten Reich." Harte Fakten der Geschichte gepaart mit Charakteren, die durch ihr ambivalentes Handeln auf teils sehr radikale Art mit bekannten Verhaltensmustern brechen.

Elliot war schlau genug, den Gewinn des Festivalpreises zusammen mit seinem bevorstehenden großen Spielfilmdebüt bei allen regionalen und einigen überregionalen Medien geschickt zu lancieren.

Endlich hatte Elliot zum richtigen Zeitpunkt den richtigen Nerv der richtigen Leute getroffen. Und er hatte zusätzlich einen Trumpf von unschätzbarem Wert in der

Hand: Die Zusage von Gérard Depardieu für die Hauptrolle. Zu diesem Zeitpunkt war Depardieu in Europa und den USA schwer angesagt. Bereits sein Name vergoldete Elliots Pläne.

Die Babelsberger DEFA Studios um Volker Schlöndorff wussten dieses Kapital schnell zu schätzen und stellten ihrerseits 2,2 Millionen D-Mark in Aussicht. Bis zum veranschlagten Wunschbudget von fünf Millionen waren nun also bereits zwei Drittel sicher im Kasten.

Ein Pay-TV-Sender und eine Filmproduktion in Österreich versprachen weitere hohe Summen. Jetzt galt es nur noch, die fehlenden und vergleichsweise lächerlichen 500.000 D-Mark als Filmfördergelder in Deutschland aufzutreiben.

Fieberhaft arbeitete das eigens dafür eingestellte Produktionsteam an der Pre-Production: In Betracht kommende Schauspieler für alle zentralen Rollen, darunter weitere internationale Stars, wurden kontaktiert und optioniert; Drehorte wurden ausgewählt und vertraglich gesichert, Production Paintings und Storyboards angefertigt; das Drehbuch wurde in mehreren Versionen überarbeitet und immer weiter perfektioniert; Vorverträge wurden geschlossen; Drehpläne wurden ausgearbeitet; für die Filmmusik wurden internationale Musiker und für die Visual Effects einer von Roland Emmerichs besten Leuten optioniert. Alle waren startklar und hoch motiviert.

Nur die Zusagen der deutschen Filmförderungen ließen auf sich warten.

Sie kamen nicht. Der Stoff konnte die entscheidenden Gremien nicht überzeugen. Sie waren, ganz im Gegensatz zu den bereits im Boot sitzenden Playern, nicht bereit, ein Risiko einzugehen. Verwalter althergebrachter Ideen und Macharten zeigten fairen Spielern und auch gleich ihren Trainern einmal mehr die rote Karte.

Wie mir später aus sicherer Quelle berichtet wurde, schaffte es Werner Herzog im gleichen Jahr mit einem dreiseitigen Script, über eine Million D-Mark für ein neues Projekt vom BMI zu bekommen. Elliots Vorhaben scheiterte an 500.000 D-Mark.

An diesem Punkt war das Schicksal des Projektes eigentlich schon besiegelt. Die anderen Geldgeber waren nicht bereit, teilweise auch nicht in der Lage, die fehlende Summe zu berappen. Es gab – wieder einmal – letzte Kraftanstrengungen, amerikanische Geldgeber zu überzeugen. Zuvor ließ man das Drehbuch für eine beträchtliche Summe ins Englische übersetzen

Aus dieser bröckelnden Hoffnungsburg verabschiedete sich in der Folgezeit einer nach dem anderen. Einer der Ersten war Depardieu, der unüberwindbare Terminprobleme angab.

Ich glaube, das Sterben dieses Projektes zog sich über fast zwei Jahre hin. In dieser Zeit flossen nur noch ganz wenige Gelder aus dem Portemonnaie des Produzenten; vielmehr stand die Abwicklung des Ganzen auf dem Plan. Es ging darum, so gut wie möglich das Gesicht zu wahren.

So sehr ich diesen ganzen Prozess, diesen fast von selbst entstehenden Hype um dieses Projekt eher erstaunt aus der Ferne zur Kenntnis nahm, so sehr hätte ich damals Elliot seinen Erfolg gewünscht. Auch wenn das Thema nicht das meine war.

Darüber hinaus tangierte es mich auch aus anderen Gründen. Bei seinen letzten Bemühungen, zumindest noch in den USA Geldgeber aufzutreiben, spannte Elliot drei sehr gute Freunde von mir ein, die vor Ort alles für ihn regeln sollten.

Da war zum einen ein in New York lebender, deutscher Fotograf, den er über mich kennen gelernt hatte. Er sprach fließend Englisch, beherrschte die amerikanischen Umgangsformen und sollte im Dialog mit diversen Produzenten für einen professionellen Eindruck sorgen.

Dann der Producer aus Hamburg, ein alter Hase im Fernsehgeschäft, der in Detailfragen alle Punkte der Finanzierung aushandeln sollte und in diesem Projekt die Möglichkeit sah, vom Fernsehen endlich in den Spielfilmbereich zu wechseln.

Schließlich bürgte ein alter Studienkollege von mir, mittlerweile Visual Effects Supervisor und enger Vertrauter von Roland Emmerich, dafür, dass die aufwändigen

Szenen tricktechnisch mit überschaubarem Aufwand umsetzbar wären.

Jede Menge Manpower also, die zusammen versuchte, das Unmögliche zu erreichen. Und jede Menge vollkommen unterschiedlicher Charaktere.

Der Lebemann, der die rauschenden 1970er und 1980er in New York voll ausgelebt hatte. Der bodenständige Producer aus Deutschland, der mit diesem Projekt auch seine eigene Zukunft verband, und das Talent, das es in Hollywood bereits geschafft und einen Oscar im Regal stehen hatte, aber keine Leute brauchen konnte, die ihm durch ihr ungeschicktes Verhalten den Ruf ruinierten. Streit war vorprogrammiert.

Ich war erstaunt, fast erschrocken, als ich erfuhr, wer da zusammen eine Reise machen wollte.

Ich hatte all meine Freunde schon vor geraumer Zeit mit Elliot bekannt gemacht. Dass er nun aber auf einen Schlag alle rekrutierte, machte mich nachdenklich, eigentlich sogar wütend.

Es machte mir definitiv nichts aus, dass ich vollkommen übergangen wurde, ich war sogar froh darüber, denn ich hatte exakt das gleiche Programm, wenn auch in etwas abgespeckter Form schon einmal mit ihm zusammen durchgezogen. Aber mir war von vornherein klar, dass dies nicht gut gehen konnte und danach einiges von dem unvermeidlichen Ärger auf mich zurückfallen würde.

Und so kam es dann auch. Das Gelingen der Unternehmung wurde von den verschiedenen Beteiligten vollkommen unterschiedlich eingeschätzt.

Während der eine bereits den Deal in der Tasche sah und den Champagner ordern wollte, warf der andere Zweifel auf und drängte darauf, sich noch einmal hinzusetzen, die Strategie anzupassen, weitere Produzenten zu kontaktieren, nachzuhaken, bis man nicht nur ein Versprechen, sondern eine Unterschrift sein Eigen nennen konnte.

Nach ein paar Meetings verlor der Producer schnell den Glauben an das Projekt. Er hielt diese ganze Aktion für schlecht eingefädelt und zu wenig vorbereitet. Einige Kontaktpersonen in den Studios haben das Drehbuch nicht gelesen, andere waren über den bisherigen Produktionsverlauf gar nicht im Bilde. Aus Sicht des Producers hätte man im Vorfeld noch mehr das wahre Interesse der Studios an dem Projekt herauskitzeln müssen. Diese Reise hätte erst dann stattfinden dürfen, wenn die Sache an sich schon unterschriftsreif gewesen wäre.

Elliot wollte ihn eines Besseren belehren und vertrat die Meinung, dass man aus der Ferne überhaupt nichts regeln konnte. Hollywood erwartete, dass man vor Ort und damit jederzeit greifbar war, wenn notwendig über Jahre.

Ich erinnere mich, dass man mir bei meinem „Alleingang" sagte, dass die drei bis sechs Monate, die ich mir als Limit für den Erfolg gesetzt hatte, nicht ausreichen würden. Jeder Glücksritter muss Kapital für zwei Jahre im Gepäck haben. Dies ist der Zeitraum, den auch große, arrivierte europäische Regisseure und Schauspieler brauchen, um sich vor Ort zu etablieren.

„Nice to meet you. Don't call us, we call you." Darauf lief es offenbar auch bei dieser Unternehmung hinaus. Und das, obwohl im Gegensatz zu unserer damaligen Erfahrung, dieses Mal auf sehr hohem Niveau diskutiert wurde.

Roland Emmerich sagte uns einmal bei einem gemeinsamen Abendessen, dass in dieser Stadt pro Tag circa 20 Drehbücher unaufgefordert auf den Tischen der Studios landen. Das sind mehr als 7.000 pro Jahr; neben den Projekten, welche die Studios bereits selbst initiiert haben. Es gibt ein unglaubliches Ideenpotential in der Stadt, eine ungezählte Menge von Glücksrittern, die im Dunklen wie besessen an ihren Stoffen arbeiten und davon träumen, aus der Anonymität der Masse herauszutreten, ins große Rampenlicht.

Der Producer wurde von Elliot als Verweigerer und Bremser hingestellt, während sich der Fotograf relativ schnell dem Druck, der auf allen lastete entzog und sich lieber Martinis am Hotelpool gönnte.

Elliots Freundin war auch mit von der Partie. Er hatte Monate zuvor mit ihr zusammen eine weitere Filmproduktion gegründet, um so, ohne viel erklären zu müssen, ihre kleine Erbschaft für den Film einsetzen zu können.

Sie versuchte in dieser Runde die Wogen zu glätten, die gute Seele zu sein und zwischen den unterschiedlichen Charakteren zu vermitteln. Eine Vorgehensweise, die ihrem liebenswürdigen Naturell einfach entsprach. Aber nach einer Woche war das Maß voll.

Es war Elliots Geburtstag, und man hatte sich zu einem versöhnlichen Abendessen getroffen. Alle hatten schon einiges getrunken, als sie auf dem Weg zurück in die Zimmer am Hotelpool vorbeikamen – dem Pool des *Magic Hotel*.

Meine drei Freunde, die sich mittlerweile ohne Elliots Wissen untereinander verständigt haben, waren sich einig darüber, zu welch dürftiger Vorstellung mein alter Weggefährte hier wieder geladen hatte.

Sicher, sie waren auf seine Kosten in L.A., daran gab es grundsätzlich nichts auszusetzen. Aber seine Art der Menschenführung, wenn man es so nennen will, der Einsatz der Mittel und die Wahrung der Verhältnismäßigkeit der Dinge, das geordnete und solide Einfädeln eines Deals, zu dem neben künstlerischer Genialität einfach auch ein souveränes Auftreten auf geschäftlicher Ebene gehört, das alles krankte von vorne bis hinten.

Er sollte dafür eine ganz kleine Abreibung bekommen, etwas, das frisches Blut in sein Hirn trieb.

Der Fotograf bat ihn, als sie am Hotelpool ankamen, einmal seine schicke Lederjacke anprobieren zu dürfen. Er tat dies fairerweise, um sie zusammen mit allen Wertsachen vor der geballten Nässe zu schützen, welche wenige Augenblicke später auf sie eingewirkt hätte.

Elliot ahnte nicht, was ihn erwartete und überreichte dem Fotografen stolz seine Jacke.

Im gleichen Augenblick packte ihn der Rest der Crew und beförderte ihn kopfüber in den Pool – in dem ich übrigens nie jemanden schwimmen sah, obwohl das Wasser vom Hotel penibel sauber gehalten wurde.

Ein feuchtfröhlicher Scherz, den jeder schon oft in irgendwelchen Filmen gesehen oder sogar selbst erlebt hat. Nichts wirklich Verwerfliches war passiert. Trotzdem eskalierte die Situation vollkommen.

Elliot erkannte in diesem Augenblick offenbar schlagartig, was die anderen von ihm hielten. Tiefe Enttäuschung machte sich breit, jeder Hoffnungsschimmer erlosch in den Fluten, aus denen er sich nun mühsam in seiner nassen Kleidung befreite.

Frustration schlug in Wut um. Was ihm gerade widerfahren war, fasste er als Degradierung seiner selbst auf. Die letzten Verbündeten in dieser nicht enden wollenden Schlacht um Geltung, Selbstverwirklichung und die pure

Existenz waren zum Feind übergelaufen und starrten ihn nun hämisch und feixend an.

Als er aus dem Wasser stieg, ging er als erstes auf seine Freundin los, was alle schockte. Offenbar sah er sich von ihr am meisten im Stich gelassen. Er prügelte ein paar Augenblicke wie wild auf sie ein, bis er von den anderen festgehalten und von ihr weggezogen werden konnte.

In diesem Moment war alles Makulatur, was vorher irgendwie als hoffnungsvoller Schimmer im Raum gestanden war. Alles war mit einem Schlag wieder bei Null angekommen. Es war aus.

Keiner brachte ein versöhnliches Wort über die Lippen. Elliots Freundin machte ihrem Lebensgefährten sofort klar, dass er bei ihrer Rückkehr aus der gemeinsamen Wohnung auszuziehen hatte. Die anderen Freunde, die den Gewaltausbruch mit keinem Gedanken tolerierten, kündigten ihren Rückflug für den folgenden Morgen an.

Vorbei.

Ich bekam die Ereignisse sehr viel später, teilweise erst nach Jahren, in allen Einzelheiten geschildert.

Meine drei Freunde wollten erst einmal nichts mehr mit mir zu tun haben. Denn ich hatte sie ja ursprünglich mit Elliot bekannt gemacht und war deswegen wohl auch für sein Handeln verantwortlich.

Ich brauchte Jahre, um die, ohne mein Zutun, zerrütteten Freundschaften wieder Stück für Stück zu reaktivieren. Das war eine Erfahrung, die ich bis dahin noch nicht gemacht hatte: Man wird für einen Kontakt zur Verantwortung gezogen, den man irgendwann einmal aus dem guten Glauben heraus, dass es allen etwas nützen könnte, zwischen Bekannten hergestellt hat.

Ähnlich muss es dem Überbringer einer schlechten Botschaft gehen, der für die schlechte Botschaft bestraft wird. Ein archaischer Vorgang, der mir immer ein Rätsel bleiben wird.

Schere im Kopf

Elliot war eigentlich der perfekte Regisseur und dazu ein unwiderstehlicher Menschenverführer. Er hatte es raus, Menschen zu faszinieren und sie innerhalb kürzester Zeit in seinen Bann zu ziehen.

Manchmal kam er mir vor wie ein Sektenführer, der eine sich ständig erneuernde Gruppe ergebener Jünger um sich schart.

Wenn Elliot einen Drehbuchautor verheizt hatte und ihm jeder seiner wenigen verbliebenen Freunde auf den Kopf zusagte, dass er nun den Bogen restlos überspannt hatte und nie wieder jemanden finden würde, der bereit wäre, wochen- oder monatelang lediglich für einen Haufen leerer Versprechungen für ihn zu arbeiten, dann wurden sie alle nur kurze Zeit später Lügen gestraft. Er schleppte einfach ein neues Talent an, aus dem er, als sei nichts gewesen, die Ideen und Drehbuchzeilen ohne Unterlass nur so herauspresste.

So erging es auch Frauen, zum Beispiel einer Bankangestellten, die Elliot bei gemeinsamen Abendessen umschmeichelte und der er seine Geschichten vom großen Hollywoodfilm erzählte.

Er brachte es tatsächlich fertig, aus ihr alle erdenklichen Kreditkarten herauszuleiern, um deren Limit in der

Folge jeweils vollkommen auszuschöpfen. Bis der Zweigstellenleiter die Mitarbeiterin versetzte, die Sache selbst in die Hand nahm und den Geldhahn zudrehte. Doch das entstandene Soll war nicht mehr auszugleichen.

Ein weiteres Opfer war Mark, so nenne ich mal seinen seit vielen gemeinsamen Projekten treu ergebenen Kameramann, der die Zusammenarbeit fast nicht überlebt hätte.

Sie waren in Florida, auf dem Weg vom Flughafen ins Hotel. Mark saß am Steuer des Mietwagens. Im Kofferraum und auf den Rücksitzen: 20 größere und kleinere Koffer und Alukisten mit Kamera- und Licht-Equipment.

Mit einem Inlandsflug waren sie aus Los Angeles gekommen und hatten eine Woche intensiver Dreharbeiten hinter sich. Sie waren erschöpft und gleichzeitig aufgekratzt.

Elliot hatte wenige Wochen zuvor all seinen Mut zusammengenommen und sich entschlossen, eine Reportage über Karikaturisten und Comic-Zeichner zu drehen, die in Kalifornien, hauptsächlich aber in Florida lebten und teilweise deutsche Wurzeln hatten. Er wollte diese Reportage an einen Fernsehsender verkaufen.

Durch Zufall war er auf dieses Thema gestoßen und hatte sich mit der gleichen Pedanterie darin festgebissen, mit der er bis dahin fremde Projekte abgelehnt hatte, die an ihn herangetragen wurden. Er musste einfach der Herr der Idee sein, sonst lief es nicht.

Ein lobenswertes Unternehmen war das immerhin, aus meiner Sicht, denn er hatte sich nun endlich einen Ruck gegeben und fürs erste gelobt, von den hochtrabenden, kaum mehr erreichbaren Spielfilmträumen Abstand zu nehmen.

Elliot hatte die Idee der Reportage mit diversen Fernsehsendern diskutiert und sowohl vom lokalen, öffentlich-rechtlichen Sender als auch von einem Pay-TV-Sender eine feste Zusage über die Verwertung.

Er vertiefte seine Recherchen, kontaktierte die zu portraitierenden Personen in Übersee, arbeitete ein Konzept aus, brachte alles organisatorisch auf den Punkt, machte Termine, buchte Flugtickets, füllte Zollformulare für das Equipment aus und stand schließlich mit all der teuren Gerätschaft und seinem Kameramann – aber ohne schriftlichen Auftrag – am Flughafen.

Der Pay-TV-Sender hatte seine Zusage nicht konkretisiert, wollte lieber das Ergebnis abwarten, machte Elliot aber Hoffnung. Der zuständige Redakteur des öffentlich-rechtlichen Senders hatte ihm persönlich zugesagt, die schriftliche Auftragsbestätigung über eine Ausstrahlung der Reportage noch vor dem Abflug zu faxen.

Das Fax kam nicht. Und der Redakteur war am Tag des Abflugs aus unerfindlichen Gründen nicht erreichbar.

Eine schwierige Situation, muss ich zugeben. Keine Ahnung wie ich an seiner Stelle gehandelt hätte.

Ich selbst habe über die Jahre immer wieder Arbeiten begonnen, noch bevor ich einen schriftlichen Auftrag vorliegen hatte. Oftmals muss man den Bauch entscheiden lassen, ob man dem Auftraggeber traut, oder ob man besser die Finger von einem Projekt lässt. Nicht immer entscheidet man sich in solch einer Situation richtig. Manchmal stößt man den Auftraggeber vor den Kopf, indem man ihm mit dem Beharren auf der schriftlichen Bestätigung ein gewisses Misstrauen signalisiert.

Vor allem in unserem Arbeitsbereich, in dem vieles über persönliche Kontakte, Empfehlungen geht und man nur sehr selten den überraschenden Anruf eines bis dahin unbekannten Kunden erhält, der einen in den Gelben Seiten gefunden hat, gerade hier ist gegenüber dem Auftraggeber unglaubliches Fingerspitzengefühl angesagt.

Trotzdem denke ich heute, ich wäre nicht geflogen, denn ich hätte mich nicht alleine auf das Wort des Redakteurs verlassen. Der finanzielle Einsatz und das Risiko waren einfach zu groß.

Aber Elliot war ein Vabanque-Spieler. Und er hatte zu diesem Zeitpunkt noch die jungfräulichen Kreditkarten in der Tasche, die ihm die Bankangestellte kurz zuvor besorgt hatte.

Auf der Fahrt in die Stadt waren Mark und Elliot voller Zuversicht, dass sie etwas Besonderes produzieren würden. Obwohl ihr Terminplan äußert knapp bemessen war und dadurch weitere lange und anstrengende Arbeitstage drohten.

Mark war wie immer zu Späßen aufgelegt und klickte am Autoradio die verfügbaren Sender durch. Elliot lachte mit ihm, aber gleichzeitig ging er wieder und wieder das umfangreiche Programm im Kopf durch.

Plötzlich riss Mark ohne ersichtlichen Grund das Steuer herum. Der Wagen schleuderte über alle vier Fahrspuren. Mark machte keine Anstalten, seinen Fehler zu korrigieren, also griff Elliot geistesgegenwärtig vom Beifahrersitz aus ins Lenkrad, um eine Kollision mit den anderen Fahrzeugen zu vermeiden. Mit dem Blick auf die dicht vor Ihnen fahrenden Fahrzeuge herrschte Elliot Mark an, doch gefälligst den Fuß vom Gas zu nehmen. Dann erst blickte er in dessen Gesicht.

Es war schmerzverzerrt. Mark presste die Hände gegen seinen Kopf. Er fing laut an zu stöhnen, dann zu weinen, während der Wagen, von Elliot gesteuert, langsam auf dem Standstreifen ausrollte.

Elliot wusste sofort, dass es etwas Ernstes war. Seit seinem Zivildienst im Krankenhaus hatte er sich intensiv mit medizinischen Sachverhalten auseinandergesetzt. Ein gemeinsamer Freund stellte einmal die Behauptung auf, dass Elliot einen guten Heilpraktiker abgeben würde, dies sogar eine ernsthafte Jobalternative für ihn darstellte.

Deshalb nahm Elliot die Dinge nun auch selbst in die Hand. Er lief ums Auto herum, zerrte seinen Kameramann vom Fahrersitz und bugsierte ihn auf den Beifahrersitz. Dann setzte er sich selbst ans Steuer und fuhr mit hohem Tempo in die Stadt. Mark kauerte währenddessen als zusammengekrümmtes, wimmerndes Häufchen Elend neben ihm.

Am ersten Krankenhaus hielt Elliot an. Er stieg aus und benachrichtigte die Notaufnahme. Mark wurde auf eine Trage gelegt und dann in den Behandlungsraum gefahren.

Es wurde ein Schlaganfall diagnostiziert – mit Anfang 30. Soweit es sich zu diesem Zeitpunkt beurteilen ließ, nicht gerade die allerschwerste Form, aber auf jeden Fall sehr bedrohlich. Mit bleibenden Schäden musste gerechnet werden, je nachdem, welche Rehamaßnahmen später ergriffen würden und wie der Patient darauf ansprechen würde.

Die unerträglichen Kopfschmerzen konnten mit einer ersten, starken Infusion gemildert werden, eine Bewusstlosigkeit oder gar ein komatöser Zustand konnten durch die schnell eingeleiteten Maßnahmen abgewendet werden.

Der behandelnde Arzt stellte Elliot folgende Alternativen zur Wahl: Zum einen konnten sie Mark zur weiteren Behandlung im Krankenhaus behalten; Zeitspanne: zwei bis drei Wochen. Da Mark aber über keine Auslandskrankenversicherung verfügte, würden hierfür immense Kosten auf ihn zukommen.

Dann stellte der Arzt zur Diskussion, den Patienten nach einem kurzen, stabilisierenden Krankenhausaufenthalt mit einem Spezialtransport nach Deutschland zurückfliegen zu lassen; ebenfalls auf eigene Kosten.

Schließlich gab es noch die Option, den Patienten „zu Hause" zu behandeln, in diesem Fall im Hotelzimmer; das war die günstigste Alternative. Hierfür würde Elliot einen genau ausgeklügelten Behandlungsplan ausgehändigt bekommen, in dem exakt festgelegt wurde, wann über die Tage verteilt welche der sehr starken Medikamente zu verabreichen wären. Alle paar Tage wäre der Patient dann in die Sprechstunde zu bringen, um das Fortschreiten der Genesung zu begutachten.

Elliot entschloss sich für den dritten Weg. Alles andere war finanziell nicht machbar. Lebensgefahr hin oder her. Und er traute sich selbst genug medizinisches Fingerspitzengefühl zu, um die Behandlung fürs erste so durchzuziehen, dass Mark wieder so weit genesen würde, um mit ihm zwei Wochen später wie geplant im Flugzeug nach Hause zu sitzen.

In einem Rollstuhl, den er für die Zeit des Aufenthalts bekam, schob er Mark nach einer weiteren Beobachtungsphase und dem anschließenden Go des behandelnden Arztes aus dem Krankenhaus, bugsierte ihn ins Auto und steuerte schließlich das Hotel an.

Zwei Wochen brachte Mark im Halbdunkel des Hotelzimmers zu. Hinter zugezogenen Vorhängen schlief er meist oder dämmerte vor sich hin.

Sein Sprachvermögen war schwer gestört. Er konnte sich verbal bruchstückhaft verständigen, aber nur stark lallend; eine Gesichtshälfte war von einer leichten Lähmung befallen. Elliot musste sich alle Mühe geben, um ihn zu verstehen. Zumindest konnte Mark alle seine Glieder bewegen und einigermaßen kontrolliert steuern; aber das Aufstehen und Laufen machten ihm große Mühe. Ohne fremde Hilfe war das kaum möglich. Er hatte mit starken Gleichgewichtsstörungen zu kämpfen. An ein Verlassen des Raumes war nicht zu denken.

Mark erfasste seine schlimme Situation einigermaßen, und hatte hin und wieder sogar das Bedürfnis, einen seiner brachialen Scherze darüber zu machen, was ihm kaum gelang. Er war hilflos wie ein Baby.

Die Bediensteten des Hotels wurden informiert und schauten hin und wieder nach Mark, wenn Elliot tagsüber unterwegs war. Mehr als darauf zu achten, dass er bei Bewusstsein war, konnten und wollten sie aber nicht.

Elliot zog trotz aller Widrigkeiten seine Dreharbeiten durch, so gut es in dieser Situation eben ging. Um dies gewährleisten zu können, buchte er kurz entschlossen einen amerikanischen Kameramann, der aber noch einen Assistenten benötigte. Mark hätte ohne Helfer gearbeitet, was nicht gerade üblich ist, aber in Anbetracht des knappen Budgets so beschlossen worden war.

Als ich diese Geschichte nach der Rückkehr der beiden von Elliot erzählt bekam, lief es mir heiß und kalt den Rücken herunter. Mir wird heute noch manchmal schwindelig, wenn ich daran denke.

Unsere abenteuerliche, erste Begegnung mit dem *Magic Hotel*, in dem sich unsere Zukunft entscheiden sollte, sie wirkt im Vergleich mit dieser Situation völlig harmlos, ja unbedeutend.

Elliot hat nicht ohne Grund erst nach seiner Rückkehr allen Bekannten und Vertrauten von diesem schlimmen Vorfall erzählt. Er wollte nicht Gefahr laufen, bei einem Telefonat in die Heimat sofort eines Besseren belehrt zu werden. Er musste, aus seiner Sicht, einfach sein Ding durchziehen. Ohne Wenn und Aber. Und das tat er auch.

Wie Elliot mir später erzählte, handelte es sich bei Marks Schlaganfall um eine spezielle Attacke, die vor allem Kameramänner befällt. Ihre Ursache liegt im lang anhaltenden Zukneifen eines Auges, während das andere mit überproportionaler Konzentration und Anstrengung durch das Okular der Kamera schaut.

Immer wieder versuchte Elliot mir gegenüber, seine Rolle zu erklären, sein Verhalten zu rechtfertigen. Ja, er heischte sogar Mitleid, als er in allen Einzelheiten beschrieb, mit welchem körperlichen Einsatz er Mark und das gesamte Equipment zurück nach Deutschland gebracht hatte.

Er beschrieb, wie er Mark im vom Flughafen zur Verfügung gestellten Rollstuhl durch die langen Gänge, Kontrollen und Abfertigungen schob. Gleichzeitig mehrere Gepäckwagen, auf die er die ganze Ausrüstung gewuchtet hatte, nach und nach abholte, ohne dass die bereits abgestellten Teile aber verschütt gingen oder gestohlen wurden. Und das auf dem amerikanischen und dem deutschen Flughafen. Schließlich lieferte er seinen Freund persönlich bei dessen Eltern in Österreich ab.

Eine sehr kleine Glanzleistung innerhalb einer sehr großen Tragödie. Ein absurdes Martyrium, denn die Reportage verkaufte sich nicht. Elliot blieb auf einem Schuldenberg von über 80.000 D-Mark sitzen.

Er war auf dem Gipfel angekommen. Aber auf dem falschen.

Der Redakteur des lokalen Senders stand nach der Rückkehr der beiden nicht mehr zu seinem Wort.

Auch der Pay-TV-Sender zog seine Zusage zurück. Ein Jahr zuvor hatte er noch Elliots erste Reportage, ein Portrait über *Deutsche in Hollywood*, abgekauft. Selbst bei diesem recht simplen und an sich sehr populären Thema hatte Elliot wieder seinen Kopf durchsetzen und seine extreme, wenn auch ausnahmslos ehrliche, Weltanschauung zum Ausdruck bringen müssen.

Obwohl er eine sehr informative und auch einigermaßen glamouröse Reportage über deutschsprachige Filmschaffende in Hollywood abgeliefert hat, konnte er es sich nicht verkneifen, vielen Interviewten recht drastische Aussagen über die Schattenseiten von Hollywood zu entlocken.

Das war Elliots Thema, hier war er in seinem Element. Und an diesem Punkt hatte die Reportage eine recht düstere Note bekommen. Nicht diesen durch und durch glitzernden Touch, den der Pay-TV-Sender haben wollte, und für den er auch eine beträchtliche Summe vorgeschossen hatte.

In einer Schlüsselszene der Reportage fuhr das Filmteam des nächtens Richtung Downtown L.A., an einen Ort, der zu dieser Tageszeit vor allem von Obdachlosen bevölkert wird. Das Filmteam öffnete die Schiebetür des Vans und richtete die Kamera vom Innenraum auf die Straße. Als sie sich einer Gruppe von Obdachlosen näherten, löste sich eine Gestalt aus dem Pulk und ging auf den Van meiner Freunde zu.

Ein Schlag traf die Kamera und erschütterte das Filmbild für einen kurzen Moment. Dann war im Hintergrund nur noch das wütende Gestikulieren des Obdachlosen zu sehen.

In weiteren Einstellungen waren dann andere Wohnsitzlose zu sehen, die auf den Bürgersteigen lagen, oder sich in großen Pappkartons ihre ein bis zwei Quadratmeter Privatsphäre geschaffen hatten.

Schließlich wurden diese Aufnahmen mit Einstellungen gegengeschnitten, in denen der überwältigende Sonnenaufgang vor der Edelkulisse Hollywoods gezeigt wurde.

Ein ambitionierter Film, keine Frage, welcher Elliots Gespür für die wirkungsvolle Aufbereitung von ambivalenten und brennenden Themen auf eindrückliche Weise unterstrich. Sein professionellstes, ausgereiftestes Werk, aus meiner Sicht.

Aber nicht Teil der Abmachung.

Nicht das, was der Pay-TV-Sender in Auftrag gegeben hatte. Er wollte reinen Glamour, so wie man ihn von vielen vergleichbaren Reportagen auf anderen Privatsendern kannte. Außerdem hatte sich der Sender auch den einen oder anderen wirklich großen Namen vor der Kamera erhofft. Stattdessen waren nur die zweite und dritte Garde von Regisseuren, Komponisten und Schauspielern bereit, Elliot und seiner Crew ein Interview zu geben.

Soweit ich mich erinnere, lieferte Elliot die relativ schwermütige Schnittversion ab, die ich zuletzt gesehen hatte. Der Sender kürzte sie dann vor der Ausstrahlung auf etwas mehr als die Hälfte und konnte so den vermeintlichen Glanz Hollywoods aufpolieren. Die veranschlagte Sendezeit ließ sich damit jedoch nicht füllen.

Ich habe Elliot ein Jahr später, kurz nach dem Vorfall in Florida, in seinem angemieteten Post-Production Studio besucht und verschiedene Schnittversionen der Reportage über die *Karikaturisten* begutachtet.

Ich war mehr als angetan von dem Werk und konnte mir später trotz aller Branchengesetze nicht erklären, warum kein Sender bereit war, die Reportage zu kaufen. Auch wenn die Erzählart sehr bedächtig war, vielleicht eine Spur zu weit entfernt von der impulsiven, dynamischen Art, die viele Karikaturen und Comics ausmachen. Elliot versuchte in dieser Reportage eher dem oft sehr einsamen und detailorientierten Arbeitsleben der Zeichner auf den Grund zu gehen, als deren meist quirlige Figuren zum Leben zu erwecken.

Sicher, den Pay-TV-Sender hatte er durch seine eigensinnige Gestaltung des letzten Projektes vor den Kopf gestoßen. Hier konnte er auf keinen erneuten Deal mehr hoffen. Das hätte ihm definitiv klar sein müssen, als er beschloss, ohne Vertrag in den Flieger zu steigen.

Aber Elliot war uneinsichtig, fing auch bei diesem Einwand meinerseits wieder an, mich zu beschimpfen und

und mir vorzuwerfen, dass ich über die Jahre einfach zu stromlinienförmig geworden und mit keinem Muskel in meinem Körper mehr bereit wäre, den Normen die Stirn zu bieten. Um etwas vollkommen neues, einen neuen Standard zu erschaffen.

Das Grundproblem ist, dass Fernsehsender meist selbst die Initiatoren einer Sendung sind, egal ob es sich um einen Fernsehfilm, eine Doku oder eine Reportage handelt. Ihnen bereits fertiges Material vorzulegen, ist fast immer zum Scheitern verurteilt. Dies liegt wahrscheinlich an einem gewissen Selbstverständnis, das TV-Sender haben, eine Form der Überheblichkeit, die ich immer gehasst habe.

Aber wir wussten ja mittlerweile nach den vielen Erfahrungen, dass es so ist wie es ist. Und auch Elliot wusste es. Er musste davon ausgehen, dass der Redakteur des öffentlich-rechtlichen Senders und Kollegen von anderen Anstalten kein Interesse an seiner Reportage haben würden, wenn er sie ihnen fertig auftischte.

Redakteure sind eitle Personen, die gerne sämtliche Zügel einer Fernsehproduktion in der Hand halten, von der ersten Idee bis zum letzten Schnitt. Da gibt es kaum Ausnahmen.

Sicher, sie müssen irgendwie dem Sender gegenüber ihr Gehalt rechtfertigen und dürfen nicht den Anschein erwecken, den ganzen Tag über nur mit dem Kaffeepott in der Hand gelangweilt durch die Studioflure zu schlurfen. So wie ich es in meinen frühen Jahren, während Schulzeit und Studium, bei Aushilfstätigkeiten in unserem lokalen Sender erlebt habe.

War es also klug, ohne den schriftlichen Auftrag in den Flieger zu steigen? Das war genauso dumm wie es menschenverachtend war, einen schwer kranken Freund im Hotelzimmer zurückzulassen.

Auf weiteren Abwegen

Nach einer langen Rehaphase in seiner österreichischen Heimat kam Mark wieder einigermaßen im Alltagsleben zurecht. Auch wenn er nie mehr zur alten Form zurückfand. Die drei bis vier Stunden, die er pro Tag konzentriert arbeiten konnte, reichten nicht aus, um sich in einer Branche zu behaupten, in der 12- bis 14-Stunden-Tage die Normalität darstellen.

Elliot besuchte ihn in regelmäßigen Abständen und kam dann immer mit haarsträubenden Anekdoten zurück.

Er erzählte von einem halben Liter Rotwein, den Mark auf Kosten der Krankenkasse über den Tag verteilt trinken musste. Über Monate hinweg. Um die Durchblutung zu fördern.

Dann gab es diverse Autounfälle zu vermelden, die Mark in und ohne Elliots Beisein verursachte. Alle gingen zwar glimpflich aus, aber der Schaden war jeweils beträchtlich. Die Crashs entstanden überwiegend in Verkehrssituationen, die normalerweise keinerlei Schwierigkeit darstellen würden.

Aber nach der letzten Reise mit Elliot war für Mark nichts mehr normal. Er hatte nach wie vor mit schweren Beeinträchtigungen zu kämpfen, mit Koordinationsproblemen, die ihn wie aus dem Nichts überkamen und ihn wie in Florida das Steuer des Wagens abrupt herumreißen oder den Radius einer Kurve falsch einschätzen ließen.

Elliot redete ihm immer wieder ins Gewissen, das Auto stehen oder sich von Freunden chauffieren zu lassen. Er sah es kommen, dass Mark irgendwann einen schweren Unfall verursachen würde, der noch andere Verkehrsteilnehmer mit ins Verderben reißen würde.

Diese Überredungsarbeit war jedoch nur wenig von Erfolg gekrönt, denn Mark wohnte bei seinen Eltern in einer eher abgelegenen Gegend, in der man ohne eigenen fahrbaren Untersatz vollkommen vom Rest der Welt abgeschnitten war. Es war nur eine Frage der Zeit, bis es ein Unglück geben würde.

Bevor es aber dazu kam, fällte das Schicksal eine eigene Entscheidung. Marks Vater starb und hinterließ seinem Sohn eine kleine Erbschaft. Nach einiger Zeit der Trauer, in der sich Mark mit seiner Mutter zusammenraufte, meldete sich plötzlich Elliot bei ihm und machte ihm ein Angebot, das er nicht ablehnen konnte.

Er stellte Mark in Aussicht, gemeinsam noch einen letzten Versuch in Hollywood zu unternehmen. Mit einer neuer Spielfilmidee, für die er gedachte, Produzenten zu finden.

Elliot wollte das Projekt dieses Mal vor Ort entwickeln, wenn möglich zusammen mit den Produzenten. Nicht wie in der Vergangenheit mit einem fertigen Script an deren Türen klopfen. Auf diese Weise hoffte er, nun endlich einen der rettenden Geldgeber zu finden.

Elliot wusste, dass er Mark mit diesem Angebot auf dem richtigen Fuß erwischen würde. Er spielte mal wieder Vabanque und gewann, zumindest die erste Runde. Er brauchte nicht viel Überzeugungskraft, um Mark klarzumachen, dass es keine bessere Verwendung für sein schmales Erbe gäbe, als es für den gemeinsamen Aufenthalt in L.A. einzusetzen. Der Profit aus dem resultierenden Filmprojekt würde dann schließlich durch zwei geteilt werden.

Elliot nahm das Geld von den Lebenden und von den Toten.

So brach ein neues Himmelfahrtskommando in die USA auf und versuchte wieder einmal das Unmögliche.

Wochenlang war von den beiden nichts mehr zu hören. Monate vergingen. Plötzlich gab es ein Lebenszeichen.

Wieder klingelte nachts bei mir das Telefon. Diesmal wegen der Zeitverschiebung, was aber noch lange keine Entschuldigung war.

Anfangs hatte ich beide am Hörer. Ich wurde mit unsinnigen Fragen konfrontiert. Mit Nebensächlichkeiten. Oftmals hatte ich den Eindruck, mit zwei vollkommen Durchgeknallten zu telefonieren, die tagelang nicht geschlafen hatten, unter dem Einfluss von Drogen standen und einfach nur redselig waren. Wie ein altes Ehepaar keiften sie sich gegenseitig an und unterbrachen aus dem Hintergrund abwechselnd jeweils das Telefongespräch des anderen.

Im Falle von Mark war ich nachsichtig; er tat mir unendlich leid. Aber bei Elliot reagierte ich gereizt. Ich hielt die Telefonate so kurz wie möglich und würgte eigentlich alle seine ansetzenden Detailberichte über das Gelingen des Projektes ab. Es interessierte mich zwar, aber ich wollte damit andererseits auch nicht direkt konfrontiert werden. Lieber hätte ich den Fortschritt des Unternehmens aus kurzen, sachlich formulierten Depeschen erfahren.

Ich war darüber hinweg. Ich wollte nicht mehr mit den Nachrichten direkt aus der Hölle belastet werden.

Irgendwann rief nur noch Mark bei mir an. Dabei schüttete er ohne Umschweife sein Herz aus, weit entfernt vom ausgelassenen Feixen während der letzten Telefonate.

Die Absagen in L.A. häuften sich. Immer mehr wichtige Türen blieben verschlossen, obwohl die Kontakte stetig zunahmen. Offenbar hatte sich eine Front gegen sie aufgebaut. Hatte es sich herumgesprochen, dass hier zwei Pleitegeier aus dem fernen Deutschland in der Stadt waren, die auf der Jagd nach amerikanischem Geld waren?

Das waren die Amis, das war Hollywood zu diesem Zeitpunkt nicht mehr gewohnt. Der Wind hatte sich schon lange gedreht und sie hatten sich die Jahre über daran gewöhnt, dass Deutsche, vor allem Investoren und Fondsmanager, ihnen kofferweise das Geld hinterher trugen. Egal, in welchen Film es dann schließlich investiert wurde.

„Stupid German Money" nannten es kalt lächelnd die Hollywood-Boys. „Perfekt angelegtes Geld" die deutschen Dummköpfe.

Elliots und Marks Aussichten auf Erfolg wurden immer kleiner. Das Versiegen der Geldquelle, des Erbes, rückte drohend näher. Und sie hatten sich aufs Heftigste zerstritten. Jeder gab dem anderen die Schuld, nicht genug für das Gelingen dieses an sich schon hoffnungslosen Unternehmens getan zu haben.

Mark, der grandiose Kameramann, der viele Jahre zuvor auf Elliots Empfehlung hin eine außergewöhnliche Arbeit bei einem meiner eigenen Kurzfilme geleistet hatte und deshalb auf mein offenes Ohr hoffen durfte, berichtete mir, dass Elliot wenige Tage zuvor aus dem gemeinsam angemieteten Appartement ausgezogen war. Hals über Kopf. Seitdem hat er nichts mehr von ihm gehört.

Ich war vollkommen baff, als ich mit dieser Situation konfrontiert wurde, wusste erst gar nicht, ob ich mich diesem geballten Wahnsinn, der sich in Elliots Bannkreis offenbar fest eingenistet hatte, erneut in all seiner Intensität aussetzen sollte.

Aber Mark tat mir leid. Ich hatte ihn als zupackenden und jeder Situation gewachsenen Charakter in Erinnerung, der 12 bis 14 Stunden konzentriert, effektiv und inspiriert arbeiten konnte. Doch nun vernahm ich am anderen Ende der Leitung ein vollkommen orientierungsloses Häufchen Elend, das Mühe hatte, zusammenhängende Sätze zu formulieren. Die Nachwirkungen seines Schlaganfalls waren auch nach dieser langen Zeit noch deutlich hörbar.

Ich konnte aus der Ferne zwar nichts für ihn tun, aber ich versuchte zumindest in weiteren, langen Telefonaten die Ereignisse mit ihm aufzuarbeiten, wie ein Psychologe bei einer Sitzung.

Er machte einen zunehmend verwirrten, schwachen Eindruck; ich konnte mir überhaupt nicht vorstellen, wie er sich mit den Spätschäden des Schlaganfalls im täglichen Leben so ohne weiteres behaupten konnte.

Sein Tonfall war kränklich, und er war sehr leicht aus der Ruhe zu bringen. Ich konnte mir sehr gut vorstellen, dass er Elliot zwar gottergeben auf diesen Trip gefolgt war, aber ich konnte mir ebenso gut ausmalen, dass der Siedepunkt zu einer handfesten verbalen Entgleisung bei ihm sehr niedrig lag.

Das war sicher auch für Elliot nicht ganz einfach. Elliot war immer die Ruhe selbst; ich habe ihn eigentlich kein einziges Mal wirklich lautstark erlebt. Höchstens zu Schulzeiten, wenn ich ihm Hals über Kopf auf die Straße folgen musste; wenn er sich wieder einmal in einer Disko oder einer Kneipe mit jemandem angelegt hat, der ein Auge auf die gleiche Frau geworfen hatte.

Sicher, Elliot pflegte in ausschweifendem Stil große Reden zu halten. Mit großen Gesten jede Einzelheit einer Idee zu beschreiben, die in seinem verrückten Kopf wieder ihr Unwesen trieb. Aber das war etwas anderes. In einem Disput gab er sich keine Blöße, da blieb er immer ganz herrenhaft im Sattel sitzen.

Mir blieb schließlich nichts anderes übrig, als Mark zu raten, auf eigene Faust nach Europa zurückzukehren. Er lehnte dies aber ungeachtet seines gesundheitlich schlechten Zustandes ab, da er trotz seiner zur Neige gehenden Ersparnisse auch in seiner Heimat keine Möglichkeit mehr sah, in irgendeiner Form an alte Zeiten anknüpfen zu können. Er sah seine Zukunft nur noch in den USA.

Er konnte seine Ziele, eine sinnvolle und systematische weitere Vorgehensweise zwar nicht ansatzweise definieren. Aber für ihn gab es keinen Weg mehr zurück. Daran ließ er keinen Zweifel.

Mark war ebenfalls unheilbar mit dem Hollywood-Fieber infiziert.

Er befand sich gedanklich in einem Loop, aus dem ich ihn nur dadurch hätte befreien können, dass ich selbst nach L.A. geflogen wäre und versucht hätte, ihn eigenhändig zurückzuholen. So wie Robert De Niro in *Die durch die Hölle gehen*, als er noch einmal nach Saigon zurückkehrt, um seinen Kameraden Christopher Walken mitzunehmen und aus dem tödlichen Kreislauf des Russischen Roulettes zu befreien.

Wenige Tage nach Marks letztem Anruf, bei dem wir wie zuvor zu keinem vernünftigen Ergebnis kamen, rief Elliot an. Er berichtete über einige Punkte, die ich von Mark schon kannte, machte aber einen so gelösten Eindruck, dass es mir erst einmal die Sprache verschlug.

Er erzählte, dass er sich nun bei einer älteren, reichen Dame einquartiert habe, die er durch Zufall kennen gelernt hatte. Er beglückte sie bei Bedarf mit seinen Liebesdiensten, dafür hielt sie ihn finanziell aus, inklusive eigenem Wohntrakt und Wagen.

Ich kannte solche Geschichten vom Hörensagen, aber sie aus dem Mund meines alten Weggefährten zu hören, machte mich einfach sprachlos. Ich habe ihn zwar immer als Frauenhelden erlebt, jemanden, der über 20 Herzen gebrochen hatte. Aus seinen Schilderungen entnahm ich aber auch, dass er zum momentanen Zeitpunkt seiner Filmkarriere überhaupt nicht mehr nachging.

Er lebte vielmehr nur so in den Tag hinein; schlief lange, fuhr end- und ziellos durch die Straßen; er hatte sich offenbar das erste Mal, seit ich mich erinnern kann, von dem gigantischen Druck, der eigenen Erwartungshaltung befreit, etwas Großes, eigentlich Unerreichbares vollbringen zu müssen.

Ich hatte fast den Eindruck, dass er sich einer Gehirnwäsche unterzogen hatte; wo und unter welchen Bedingungen, keine Ahnung. Vielleicht stand er auch unter einer Art Schock, mit ungewöhnlich lang anhaltendem Verlauf.

Er war ausnahmslos glücklich.

Eigentlich hätte ich froh sein müssen, dass er endlich den Absprung geschafft, seinen Frieden gefunden und sich für immer aus den tödlichen Fängen der Filmindustrie befreit hat. Nicht mehr sein Umfeld, seine Freunde mit sich unablässig selbst erneuernden Hirngespinsten belästigen würde.

Stattdessen machte ich ihm die Hölle heiß und legte ihm nahe, sich gefälligst umgehend um seinen kranken Freund zu kümmern. Ich verdeutlichte ihm die Brisanz der Lage.

Mit aller Vehemenz appellierte ich an seine Verantwortung, indem ich mein allerletztes Register zog und ihm klarmachte, dass ich ab diesem Zeitpunkt mit dieser ganzen Situation nicht mehr konfrontiert werden wollte.

Dann legte ich auf.

Einige Zeit später kehrten beide aus den USA zurück. Was in den Wochen nach den Telefonaten geschah, entzieht sich meiner Kenntnis. Heute würde ich zwar gerne nähere Details darüber erfahren, aber zum damaligen Zeitpunkt war ich primär daran interessiert, mit diesem ganzen Irrsinn nicht mehr belastet zu werden. Das sollten die Wahnsinnigen und Unglücklichen dann doch unter sich ausmachen.

Ich konnte und wollte nichts mehr für sie tun. Ich musste mein eigenes Leben im Sattel und im Gleichgewicht halten, was schwer genug war. Solche Geschichten brachten mich aus der Balance. Die Entscheidung war hart, aber in gewissen Situationen geht Selbstschutz ganz klar vor Fremdrettung.

Mark zog sich in seine österreichische Heimat zurück und wohnte fortan bei seiner Mutter.

Ich sah ihn noch einmal, als wir Elliot die letzte Ehre erwiesen. Mark machte einen sehr energischen Eindruck, kraftstrotzender, als ich ihn mir nach dem Vorfall vorgestellt hatte; aber auch aufgedunsener, als ich ihn in Erinnerung hatte.

Die alte Limousine der sturmerprobten Truppe aus Wiener Studienzeiten schoss neben meinem Wagen in die Parkbucht vor dem Friedhofsgelände und bremste scharf ab.

Ich war gerade selbst im Begriff, auszusteigen; neben mir auf dem Beifahrersitz der Producer aus Hamburg, den ich eine Viertelstunde zuvor vom Flughafen abgeholt hatte. Fast schweigend haben wir die kurze Autofahrt verbracht. Was sollte man auch sagen, wo anfangen?

Schon der Freitod eines Onkels viele Jahre zuvor hatte mich mit einem fast unbezwingbaren Berg von Fragen zurückgelassen. Solche Vorkommnisse werden in der darauf folgenden Zeit schnell totgeschwiegen. Alle Hinterbliebenen neigen zu Verdrängung, Verklärung, weichen aus. Das muss wohl so sein.

Aber was ich fragwürdig finde, ist, dass ein Lebensweg, die Anstrengungen eines Individuums einfach so aus dem Blickfeld der Geschichte verschwinden. Energien, die von ihm freigesetzt wurden, um etwas zu bewegen, ob im Kleinen oder im ganz Großen, einfach so verpuffen. Es sei denn, er war vorher schon eine Persönlichkeit, hat Werke hinterlassen, die von Nachlassverwaltern hochgehalten werden, die zumindest posthum an seiner Stelle für Anerkennung und Geltung sorgen.

Vielleicht kann ich meinen Teil dazu beitragen, eine umstrittene Person eine Spur genauer ins Licht zu rücken, zumindest einige seiner Beweggründe. Auch wenn es nicht immer die „richtigen" waren. Auch wenn es viele nicht mehr hören wollen. Ich eigentlich am wenigsten.

Mark muss dies bereits damals geahnt haben, muss gewusst haben, dass ich derjenige sein würde, der irgendwann das Schweigen brechen wird.

Denn er riss die Beifahrertür auf und knallte sie mit aller Wucht gegen das glänzende Blech meines Wagens.

Zufall oder Absicht?

Er stieg aus dem Wagen und fiel mir nur kurz um den Hals.

„Mensch, unser Elliot", sagte er mit einem Kopfschütteln. Was hatte sich Elliot da nur wieder für Flausen in den Kopf gesetzt? Bringt sich einfach so um.

Ein Drehbuchautor, mittlerweile ein guter Freund, den Elliot viele Jahre zuvor mit mir bekannt gemacht, dem er wie vielen anderen eine „Chance" gegeben hatte, trat zu uns heran.

„Mensch, Elliot!", sagte er forsch.

Alle sprachen über den Verstorbenen wie über eine Filmfigur. Jemanden, der immer noch auf seiner abenteuerlichen Reise war, um sein großes Ziel zu erreichen. Einen, der niemals ankommt, der immer wieder auf die Fresse fällt, sich aber nie unterkriegen lässt. Der immer wieder aufsteht. Und weitermacht.

Das hätte Elliot gefallen. Vielleicht.

Ich habe sie nie ausbessern lassen, die Beule in der Fahrertür meines Autos, die Mark in seiner unkontrollierten Art fabriziert hat. Ich weiß nicht, ob es wirklich Rache war, oder einfach nur die Fahrigkeit, die seinen Körper immer noch im Griff hatte.

Hatte Elliot ihm gegenüber geklagt, dass ich ihm vor langer Zeit die Freundschaft kündigte?

Wäre ich der letzte Mensch gewesen, der ihn vielleicht noch von seinem Vorhaben hätte abbringen können?

Indem ich mich noch einmal, ein allerletztes Mal den Mächten des Wahnsinns ausgesetzt hätte?

Vielleicht war es auch Marks Nervosität, seinem Freund wieder zu begegnen. Wenn auch auf unterschiedlicher Augenhöhe.

Auf jeden Fall war ich erfreut zu sehen, dass Mark wieder vor Kraft strotzte, auch wenn er hin und wieder etwas schwankte und seine Redenskraft weit von jener früherer Zeiten entfernt war.

Seine Studienkollegen, von denen ich bis dahin immer nur aus Elliots Erzählungen gehört habe, die zu Studienzeiten tolle Geschichten erfunden und daraus hochdekorierte Kurzfilme gemacht hatten, ihre Gesichter erzählten in diesem Augenblick genauso viele Geschichten.

Darin zeichneten sich die Entbehrungen, die Exzesse der vielen Jahre ab. Ich war erschrocken, als ich diese Personen nun endlich kennen lernte. Ich hatte sie mir immer ganz anders vorgestellt, hatte großen Respekt vor ihnen und ihren Werken. Smarte Burschen mussten das sein, die grandiose Ideen hatten und diese auf intelligente Weise umsetzen, um der Welt den Spiegel vorzuhalten.

Elliot schwärmte immer in den höchsten Tönen von ihnen. Von seinem anderen Umfeld im fernen Wien, in dem er sich jahrelang so gut aufgehoben fühlte. Das Schicksal der Fruchtsäfte in den Wiener Mensa-Vitrinen habe ich wohl verdrängt.

Ich habe mich den falschen Illusionen hingegeben, obwohl ich es eigentlich besser hätte wissen müssen.

Österreich hat große Filmtalente hervorgebracht, denen vom flüchtigen Beobachter meist unwissentlich deutsche Wurzeln nachgesagt werden: Erich von Stroheim, Josef von Sternberg, Billy Wilder – um nur einige Giganten der ersten Stunden und Tage des Kinos zu nennen.

Auch diverse Oscars, Goldene Palmen oder Bären, die sich viele Deutsche stolz an die Brust heften, sind in Wirklichkeit österreichische Auszeichnungen: *Das weiße Band*, *Die Fälscher* als Filme, Maximilian Schell, Christoph Waltz als Schauspieler – österreichische Talente und Regisseure werden hier gerne zu Deutschen gemacht.

Wie viele namenlose, gefallene Talente mögen wohl in den Massengräbern der Filmkunst liegen?

Ich weiß es nicht. Ich habe mit dieser Welt gebrochen. Auch wenn es schmerzt. Aber jeder sucht ab einem gewissen Alter einen Weg, der ihm persönlich gut tut.

Wenn er nicht gerade das andere Extrem sucht. Ohne Kompromisse.

Mann aus Glas

Elliot – Sklaventreiber und Menschenverächter. Rastloser, Unbeugsamer, Unbelehrbarer. Genie und Unhold. Er lebte immer nach der Devise:

„Es ist nicht mein Job, bei den Leuten beliebt zu sein. Es ist mein Job, gute Regie zu führen!"

Dieses Wesen hatte nun seinen finalen Punkt erreicht. An dem für ihn definitiv keine Hoffnung und keine rettende Option mehr bestand.

Seine Karriere als Regisseur hatte schon vor langer Zeit ihr Ende gefunden. Jede neue Idee war zum Vergammeln in der Schublade verdammt.

Alkohol und zunehmende Wirklichkeitsentfremdung ließen die großen Ideen nur noch für sich selbst und einen ganz kleinen Kreis von Vertrauten leben und sprechen, die nach wie vor bereit waren, sich diese Geschichten anzuhören.

Er hat noch einmal seine große Chance gewittert, damals. Von einem österreichischen Produzenten war ihm ein Drehbuch zur Verfilmung angeboten worden; nicht gerade sein Thema, aber endlich, endlich hatte er sich den Ruck gegeben, einen Spielfilm des Geldes Willen zu drehen.

Mehrfach hatte Elliot diverse Regieangebote, auch von Privatsendern, abgelehnt, teilweise gut dotiert, aber nicht in sein thematisches und qualitatives Weltbild passend. Fremde Stoffe waren nicht sein Ding. Ein bis zwei Jahre Arbeit für die Idee eines anderen Kopfes? Das wollte er nicht, das war für ihn verlorene Lebenszeit.

Viel lieber brachte er das kleine Erbe seiner Freundin und damit auch die Lebensgrundlage seiner Kinder durch, ließ sich noch mit knapp 40 von seinen Eltern aushalten und lebte auf Pump. Um weiterhin seine eigenen Ideen auszubrüten.

Von seinem gemeinsamen Ausflug mit Mark war Elliot vollkommen mittellos nach Deutschland zurückgekehrt. Jetzt mussten seine Eltern herhalten. Eine Mutter würde nie ihr Kind verhungern lassen, nicht wahr?

Zwei Jahre lang schlief Elliot im elterlichen Wohnzimmer. Tagsüber wurde seine Matratze an die Wand gelehnt, und auf den Tischen stapelten sich immer höher die unbezahlten Rechnungen. Zwischen Drehbuchentwürfen, leeren Zigarettenschachteln und Arzneimittelpackungen.

Elliot war schon zu Schulzeiten ein bekennender Hypochonder und es kursiert noch heute unter den ehemaligen Schulkameraden die Anekdote von einer Sportunterrichtsstunde, in der sich Elliot bei einem Handballspiel plötzlich schmerzverkrümmt am Boden wälzte.

Der Sportlehrer unterbrach das Spiel und ging auf den am Boden liegenden zu. Er bückte sich kurz zu ihm herunter und richtete sich dann schnell wieder auf, um anklagend in die Runde zu blicken:

„Berührt mir nicht den Mann aus Glas, er ist zerbrechlich!".

Daraufhin ging er kopfschüttelnd und mit verächtlichem Blick zum Spielfeldrand zurück und pfiff das Spiel erneut an.

Ich besuchte Elliot in dieser trostlosen Zeit ein paar Mal; in der Zeit, als seine Matratze tagsüber an die Wand gelehnt war. Alles sträubte sich in mir, sobald ich auf dem Weg dorthin das Haus verließ. Doch er fand wieder und wieder einen triftigen Grund, warum wir uns treffen mussten. Obwohl wir uns nachweislich nichts mehr zu sagen hatten.

Seine Mutter nahm mich einmal hastig zur Seite, als er kurz auf dem Klo war. Sie zeigte auf die Müllberge, die sich auf mehreren Tischen im Wohn- und Esszimmer türmten und flüsterte:

„Ich möchte Ihnen sagen, dass dieses Chaos nicht von mir oder meinem Mann stammt; es stammt von unserem Sohn. Und jedes Mal, wenn ich versuche, ein wenig Ordnung zu schaffen, dann brüllt er mich an und weist mich in scharfem Ton zurecht, das gefälligst alles dort liegen zu bleiben habe, wo es ist. Sie können sich das gar nicht vorstellen."

Ich stand mit eingezogenen Schultern da und wusste nicht, wie ich reagieren sollte, denn ich konnte mir das Beschriebene tatsächlich lebhaft vorstellen.

Ich gab ihr zu 100 Prozent Recht, dass dies ein unhaltbarer Zustand war. Für alle in der Familie, auch für mich. Aber was sollte man machen? Ihn aus der Wohnung werfen und auf die Straße schicken? Er würde in der Folge nur ein weiteres Opfer finden, das er bis zum letzten Tropfen aussaugen würde. Konnten wir, konnten seine Eltern dies verantworten?

Es gibt Fragen, auf die es keine eindeutigen Antworten gibt. Ich machte es mir leicht, und hoffte einmal mehr, dass sich dieser ganze Irrsinn irgendwann von selbst in Luft auflöste.

Einfach so.

Paff.

Immer wieder sprach Elliot im Lauf der Jahre nach der Ablehnung eines weiteren Drehbuchs, an dem er und Koautoren teilweise über zwölf Monate gearbeitet hatten, davon, dass dies nun sein letztes Projekt sein würde; so wie ein Alkoholiker von seiner letzten Flasche, ein Raucher von seiner letzten Zigarette faselt. Dann wurde er immer erneut rückfällig.

Der Gerichtsvollzieher war so oft bei ihm im Haus, bis es nichts mehr zu holen gab. Absolut nichts. Elliot hatte nur noch einige Kleidungsstücke und die Matratze an der Wand im Wohnzimmer seiner Eltern.

Und die Berge von Schulden, seine persönlichen Gipfel. Auf Kosten von Leuten und Mitarbeitern, die immer wieder an ihn und seine großen Geschichten, an seine Versprechungen geglaubt haben.

Ich erinnere mich, dass Elliot nach seinem zweiten Entzug bei einem gemeinsamen abendlichen Billardspiel wie ausgewechselt war. Er sah gesund aus, nicht mehr vom Alkohol aufgedunsen, wie in den Jahren davor. Jeder Stoß mit dem Queue saß, und er verpasste mir eine Niederlage nach der anderen; sehr ungewöhnlich, denn sonst hatte ich immer die ruhigere Hand am Billardtisch.

Er war einsichtig, gab bezüglich vieler Punkte, vieler Entscheidungen, die er die Jahre davor getroffen hatte, offen seine Fehler zu. Es tat ihm leid, wie selbstsüchtig er mit manchen Leuten umgegangen war. Für einen kurzen Moment, einer Zeitspanne von vielleicht einer halben Stunde, konnte man sich mit einem normalen, moralisch gefestigten Menschen unterhalten.

Anstatt, wie früher, danach durch diverse Kneipen zu ziehen, setzten wir uns in einen einfachen, neonbeleuchteten China Imbiss. Ich nippte an einer Limonade, Elliot an einem Kaffee; seiner Aussage nach ein mildes Surrogat für ehemalige Alkoholiker.

Er schaute uninspiriert drein, ohne seine sonst so treffenden und oft verletzenden Sprüche von sich zu geben. Ich beobachtete ihn und hatte meinerseits eine Zeitlang auch nichts zu sagen.

Dann blickte er auf und sagte:

„Weißt du, nachdem ich die letzten Wochen die Welt wieder ganz nüchtern betrachtet habe, muss ich sagen: Es ist alles grau und langweilig. Alles wirkt so klein und unbedeutend. Wir wollten doch immer Großes vollbringen, uns über die Normalität des Alltags erheben. Was ist nur aus uns geworden?“

Er schaute mich dabei mitleidig an, und ich konnte ihm keine vernünftige Antwort darauf geben.

Zu Hause angekommen, öffnete ich als erstes ein Bier. Ich setzte mich auf meinen Dachstockbalkon und schaute auf das nächtliche Häusermeer unter mir.

„Wir wollten doch immer Großes vollbringen, uns über die Normalität des Alltags erheben.“

„ … Großes vollbringen, uns über die Normalität des Alltags erheben.“

„ … Großes vollbringen …“

„ … uns über die Normalität des Alltags erheben!"

Kurz nach Elliots drittem Alkoholentzug kam der Filmauftrag aus Österreich, der die Rettung versprach.

Der alle seine Kritiker für immer verstummen lassen würde.

Der für Elliots vollständige Rehabilitierung sorgen sollte.

Der ihn vor seinen Kindern wieder als verantwortungsvollen Vater dastehen lassen könnte.

Der ein ordentliches finanzielles Polster für ein eigenes Projekt bilden würde.

Er hatte vor, auch mit dem Rauchen aufzuhören, noch vor seinem 40. Geburtstag.

Elliot war gut in Form, begeistert und arbeitete an der Pre-Production. Doch die Filmproduktionsfirma geriet wegen anderer Projekte in eine finanzielle Schieflage und musste einen Controller zur Rettung des Unternehmens anheuern.

Dessen erste Tat war der Vorschlag, Elliot durch einen anderen, österreichischen Regisseur zu ersetzen, der billiger war.

Das war der Todesstoß.

Die Auslösung des freien Falls.

Nur noch glatte Wände in einer senkrecht abfallenden Röhre ohne Grund. Kein rettender Vorsprung. Keine Serviceluke, durch die er sich hätte davonstehlen können. Nicht mal mehr wucherndes Unkraut, das einen letzten, flüchtigen Halt geboten hätte.

Nur noch Fallen. Taumeln. Schrecken.
Dunkelheit. Stille. Abspann. Vorhang. Licht.

Und der Irrsinn hatte sich tatsächlich in Luft aufgelöst.
Wie von selbst. Paff.

Vorerst.

„Lieber Freund, vergiss unsere Träume nicht und halte durch. Du bist jetzt zurück in der Hölle".

Natürlich riss diese Botschaft in der Zigarrenkiste alte Wunden bei mir auf. Genauso hätte Elliot eine Bombe mit Langzeitzünder installieren können.

Dem Behältnis lagen außerdem noch amerikanische Münzen und eine Visitenkarte des *Magic Hotel* bei – dem Zufluchtsort für die Glücksritter des Films.

Film ist immer mit Extremen verbunden. Es gibt kaum Zwischentöne. Filmleute pflegen einen extremen Lebensstil. Die Arbeitsbedingungen und -zeiten sind extrem. Und die Denkweise ist es auch.

Das war der Hauptgrund, warum wir uns vor langer Zeit entzweit hatten; mir wurde das ganze zu brenzlig, zu übersteigert und übertrieben; ich sah den persönlichen Untergang kommen, es war nur eine Frage der Zeit, bis es auch mich erwischen würde; also musste ich raus, aus dieser Spirale des Wahnsinns.

Klar?

Diese Botschaft hier, dieser Appell, die Träume nicht zu vergessen, nagt an mir. Es *ist* eine Zeitbombe mit Langzeitzünder. Mich lässt nicht los, dass mir mein Freund einmal prophezeit hat, dass er älter als ich werden würde und ich mir sozusagen meinen neu geschaffenen, soliden Lebensstil genauso schenken könnte.

Er hat es mir nie gegönnt, dass ich in Folge meiner geregelten Arbeit plötzlich einen neuen, schnellen Wagen fuhr und bei vielen Alltagsdingen nicht mehr aufs Geld schauen musste. Es würde auf Dauer eh nichts nützen.

Er würde älter werden als ich. Falsch. Aber hatte er nicht in Wirklichkeit etwas ganz anderes gemeint?

Hat er vielleicht gemeint, dass er an Erfahrung älter als ich werden würde?

Als er sprang, war er noch dreieinhalb Monate von seinem vierzigsten Geburtstag entfernt. Ich bin heute 48.

Wenn ich mir jetzt Mühe geben würde, den Hebel noch einmal in die andere Richtung umzulegen, das Steuer radikal herumreiße, dann könnte ich es vielleicht doch noch schaffen.

Wenn ich mir noch einmal einen Ruck gebe und zu alten Träumen zurückkehre, wenn ich es diesmal systematischer, gereifter, an entscheidenden Punkten aber auch wagemutiger durchziehe, wenn ich dieses Mal bis zum Schluss durchhalte.

Die Drehbücher habe ich bereits fertig in der Schublade. Ja, Elliot, du altes Schandmaul – ich habe in Wirklichkeit nie aufgegeben. Habe immer an unseren Zielen festgehalten. An den ursprünglichen, nicht an den von dir neu definierten. Das ist der Unterschied!

Ich habe weitergearbeitet; im Stillen, unbemerkt vom Rest der Welt. Ohne unablässig große Töne zu spucken. Leute zu blenden. Den Feldherrn zu spielen.

Eher wie ein Buchhalter. Gewissenhaft und unablässig im Halbdunkel meine Arbeit verrichtend.

Sicher, ich habe mich hin und wieder aus der Deckung gewagt und das Tageslicht aufgesucht. Habe meine Ideen sauber ausgearbeitet zum Briefkasten getragen.

Filmförderungen, Produzenten, Fernsehanstalten.
Absagen, Absagen, Absagen.

Ich höre dein schallendes Lachen, ja ich höre es.
„Der Prophet gilt im eigenen Land nichts!“ Sicher.

Ich werde nur noch schnell meinen letzten Auftrag erledigen. Dann lege ich los. Versprochen.

Im *Magic Hotel* ist noch ein Zimmer frei.

Epilog

In *Whisky mit Wodka* wird der Regisseur von einem Bühnenarbeiter gefragt, was denn nun eigentlich die Botschaft seines Drehbuchs wäre. Wolfgang lässt ihn antworten: „Die Botschaft, wie Sie es meinen, gibt es vielleicht nicht. Man macht einen Film ja nicht, weil man Bescheid weiß, sondern um etwas zu entdecken. Film ist Vermutung, verstehen Sie? Es geht um immer neue Bilder für die Dinge, die sich immer wiederholen. Wie soll ich es ausdrücken? Die großen Phänomene. Die Liebe, der Tod und das Wetter."

„Ein Drehbuch schreiben ist das Notieren einer Geschichte zum Zwecke ihrer Verfilmung", sagt Wolfgang Kohlhaase. So einfach ist das. Und doch so schwer.

(Auszug aus „Liebe, Tod und Wetter" auf ZEIT-Online, 17.2.2010, aufgeschrieben von Andreas Dresen, geboren 1963, deutscher Filmregisseur.)

Der Autor

Nicolas Rutschmann arbeitet seit nunmehr 25 Jahren im Film- und Medienbereich. Nach seinem Studium in Graphic Design und Animationsfilm und zahlreichen Kurz-, Real- und Animationsfilmen verdiente er sich seine ersten Sporen im Werbefilm und bei TV-Sendern. Nach diversen Aufenthalten in den USA gründete er Mitte der 1990er-Jahre eine Produktionsfirma für Film & Neue Medien, mit der er erfolgreich für Mittelständler und Großunternehmen Image-, Messe- und Werbefilme produziert sowie Produktionen im Bereich der interaktiven Medien durchführt. Ende der 1990er gehörte er zu den Ersten in Deutschland, die Video im Web populär machten. Er unterrichtet an verschiedenen Hochschulen.

Der Autor schreibt nach wie vor Drehbücher und steht kurz vor der Produktion seines ersten Spielfilms im Hollywoodformat ...

Im Text zitierte Quellen

S. 9

Ludwig Wittgenstein: *Public and Private Occasions*
  Rowman & Littlefield, Lanham 2003

S. 10

Peter Sloterdijk: *Sendboten der Gewalt*
  In: DIE ZEIT 18/1993, Hamburg

S. 11 ff.

James Robert Baker: *Boy Wonder*
  Rogner & Bernhard GmbH & Co. Verlags KG,
  Hamburg 1997

S. 60 ff.

Lars-Olav Von Beier: *Unter Genieverdacht*
  In: DER SPIEGEL 49/2010, Hamburg

S. 62 ff.

Marcus Hearn: *Das Kino des George Lucas*
  Schwarzkopf & Schwarzkopf Verlag GmbH,
  Berlin 2005

S. 66

Cameron Crowe: *Hat es Spaß gemacht, MR. WILDER?*
  Diana Verlag AG München und Zürich &
  ARTE Deutschland TV GmbH, 2000